集英社オレンジ文庫

ホテルクラシカル猫番館

横浜山手のパン職人《ブーランジェール》5

小湊悠貴

本書は書き下ろしです。

Contents

本文イラスト／momo

ホテル猫番館

横浜山手にあるクラシカルホテル。

本館は薔薇の咲き誇るイングリッシュガーデンに囲まれた西洋館。

マダムという名前の白いメインクーンが看板猫。

ホテルのコンセプトは『日常からの解放』。

高《たか》瀬《せ》紗《さ》良《ら》

猫番館専属のパン職人。

地元の名士であり、何人もの政治家を輩出してきた高瀬家のお嬢様だが、家族の反対を押し切って製菓専門学校に進学し、パン職人になった。

本《ほん》城《じょう》 要《かなめ》

猫番館のコンシェルジュ。

幼いころ、実の両親が亡くなり、本城夫妻に引き取られた。

カメラが趣味。

本《ほん》城《じょう》綾《あや》乃《の》

猫番館のオーナー。

猫番館はもともと綾乃の夫・本城宗一郎が古い洋館を買い取ってはじめたホテル。従業員たちのよき理解者。

高《たか》瀬《せ》 誠《まこと》

猫番館のパティシエ。紗良の叔父。

要の父、本城宗一郎とは旧知の仲。

市《いち》川《かわ》小《こ》夏《なつ》

猫番館のベルスタッフ。

紗良と同じく、猫番館の敷地内にある従業員用の寮に住んでいる。

天《あま》宮《みや》隼《しゅん》介《すけ》

猫番館の料理長。フレンチシェフ。

強面で立っているだけで威圧感があるが、腕は確か。

離婚した前妻とのあいだに、娘がいる。

ホテル
クラシカル
猫番館

横浜山手のパン職人《ブーランジェール》5

Check In

ことのはじまり

あなたはパンが好きですか？

以前は即答できたはずの質問に、いまは迷ってしまう自分がいる。

「うーん……。申しわけないけど、今回は見送りってことで」

得意先のひとつであるカフェのオーナーは、片平愛美《かたひらまなみ》が渡した新商品のパンフレットを興味の薄い顔で返してきた。無駄かもしれないとは思ったが、粘ってみる。

「こちらのバゲットは北海道産の小麦粉を贅沢《ぜいたく》に使用していますし、フォカッチャも良質なエキストラバージンオイルに加えて、ゲランドの粗塩《あらじお》が使われています。冷凍パンとは思えないもっちりとした食感ですし、ランチに添えたりサンドイッチにしたりと、お好きなようにアレンジすることもできますよ」

オーナーの表情は変わらない。それでも愛美は話を続けた。

「マンゴーデニッシュは春夏の季節商品です。宮崎県産の完熟マンゴーを用いたペーストとヨーグルト風味のクリームを包んで、弊社《へいしゃ》の工場で丁寧に焼き上げました。南国のみずみずしい果物とさわやかな酸味の組み合わせは、これからの時季にはぴったりかと」

「たしかに素材はいいし、いただいた試食品も美味《おい》しかったわよ。でも……」

「コスト……ですか」

「新商品を入れたからって、確実に売り上げがアップするとは言えないでしょう？　うちも商売だから、予算を度外視するわけにはいかなくてね。このご時世、売れるかどうかわからないものに先行投資する余裕もないし。残念だけど」

――やはりだめか……。

内心で落胆する愛美の前で、オーナーは困ったように肩をすくめる。

「それにしても。おたくの商品、全体的に値上がりしてない？　定番品もそうだけど、新商品なんて高すぎて、うちみたいな個人経営の店じゃ手が出せないものばっかり」

「申しわけありません。このところ高騰《こうとう》している原材料が多くて」

「ちょっと考える時期に入ったのかもしれないわねえ……」

何を考えるのか。それはもちろん、愛美の会社との取引だ。

業務用のパンを販売している会社は、ほかにもある。合わないと思った時点で乗り換えるのは、先方の自由だ。オープン時からつき合いがあろうとも、先方の経営方針に、こちらが口を出す権利はない。――のだけれど、担当の営業としては、はいそうですかとあきらめるわけにもいかないのだ。

「ご指摘はもっともです。コストの問題につきましては、こちらの資料を……」

なおも食い下がろうとした愛美を邪魔したのは、軽快なノックの音だった。開いたドアから、スタッフが顔をのぞかせる。

「お話し中にすみません。バイトの面接の方が来られましたよ」

「あら、もう三時？　すぐ行くから休憩室に通しておいて」

どうやらここまでのようだ。愛美はビジネス用のトートバッグから出しかけた資料を戻し、座っていたパイプ椅子《いす》から立ち上がる。

「お忙しいようなので、続きは次の機会に……。本日はお時間をとっていただいて、ありがとうございました」

「また新商品が出たら教えてね」

一礼した愛美は、スタッフ用の出入り口から外に出た。大通り沿いの歩道を歩いていると、前方からスーツ姿の男女が近づいてくる。

（ああ、もうそんな時季なんだ）

女性のほうはまだ若く、二十四歳の愛美よりも年下に見えた。おそらく今月に入社したばかりの新人だろう。紺《こん》色のスーツはぱりっとしているが、着慣れていないのがひと目でわかる。丸めたポスターが何本も入った紙袋を提《さ》げ、先輩社員と外に出ているということは、彼女も愛美と同じ営業職なのかもしれない。

先輩社員の話に何度もうなずきながら、彼女は愛美の横を通り過ぎた。緊張しつつも仕事に対する熱意があふれていて、初々《ういうい》しい。自分も新入社員のころは、彼女のように希望に目を輝かせ、仕事に取り組んでいたはずなのに。

しかし入社五年目となったいまは、そんな甘い夢を見ている暇はない。

愛美は遠ざかる二人組から視線をはずし、近くのコンビニに入った。直帰の日もあるけれど、今日はこれから会社に戻り、明日の準備をする予定だ。小腹がすいたので、ここで何か買っていこう。

（ガッツリ食べるような時間でもないし、軽めにしておこうかな）

紅鮭《べにしやけ》おにぎりと緑茶のペットボトルを手にした愛美は、早足でレジに向かった。パンの陳列棚には目を向けない。以前は大手メーカーの新作が出るたびにチェックしていたのだが、最近はなぜか、その気になれなかった。

「ありがとうございましたー」

　コンビニを出た愛美は、少し考えてから歩きはじめた。

　三月中に満開を迎えた染井吉野《そめいよしの》は、すでに散りかけている。そういえば、今年は仕事に追われてお花見をする余裕がなかった。去年もバタバタしていて、気がついたときには葉桜になっていた。その前の年はルームシェアをしていた友人に誘われて、葛飾《かつしか》区内にある水元《みずもと》公園に行ったのだけれど。

『お弁当はベーグルサンドにしない？　やっとお師匠さまからお店に出す許可をもらったの！　プレーンな生地にすればいろいろな具材と合うよね』

　製菓専門学校を卒業後、パン職人になった友人の笑顔が頭に浮かぶ。ルームシェアを解消し、ここ一年は連絡すらとっていない相手だ。最後はケンカ別れに近い形だったし、彼女にとっての自分はもう、友人ではないかもしれない。

　しばらく進むと、荒川《あらかわ》の河川敷に出た。このあたりに住んでいたころは、よく散歩に来ていた場所だ。開けているから気持ちがいいし、川の向こう側にそびえ立つスカイツリーの姿もはっきりと見える。

　敷物はなかったが、愛美はかまわず土手に腰を下ろした。仕事用のパンツスーツを着ているが、このあとは会社に戻るだけだから気にしない。

海苔《のり》を巻いたおにぎりにかじりついた愛美は、ぼんやりと水面《みなも》を見つめる。

（あのカフェとの取引を打ち切られたら、また評価が下がる……）

四年前、専門学校を卒業した愛美は、いまの会社に新卒として入社した。

製パン科だったので、就職先はその関連がほとんどだ。クラスメイトはベーカリーを筆頭に、レストランやホテルで働くパン職人の道に進んだ者が大多数。愛美のように、パンにかかわる会社に就職した者もいる。

希望の部署は製品開発だったが、愛美が配属されたのは営業部だった。落胆はしたけれど、だからといって辞めるわけにもいかない。いまは無理でも、営業で実績を積み上げていけば、いつかは希望が通るはず。

そう信じて頑張ってはいるのだが、現実はなかなか厳しい。最近は思うような成果が出せず、営業成績も下がる一方。優秀な同僚は成績を伸ばし続けているし、上司からはそんな彼と比較されて嫌味をぶつけられるし、散々だ。

――次の仕事は失敗できない。

明日に訪問する予定の店は、こちらの商品に興味を持ち、みずから連絡してくれたフレンチレストランだ。ここは是《ぜ》が非でも、新規の契約をとっておきたい。

（たしか南青山《みなみあおやま》の……なんてお店だったっけ？）

バッグの中に手を入れて、手帳を探していたときだった。

「愛美ちゃん？」

驚いて顔を上げると、土手の下に立つ年配の夫婦と目が合った。

男性は足が不自由なのか杖をついており、奥さんが寄り添っている。すぐに夫婦だとわかったのは、ふたりの顔に見覚えがあるからだ。

「ああ、やっぱり愛美ちゃんだ。久しぶりだな」

「和久井《わくい》さん……」

顔をほころばせたのは、友人が勤めていたベーカリーの店主、和久井竜生《たつお》だった。

友人が「お師匠さま」と呼んで慕っていた彼の店には、何度か行ったことがある。昔ながらの小さく庶民的な店構えだったが、竜生は好奇心が旺盛《おうせい》で、流行《はや》りのパンは積極的にラインナップに加えていた。

しかし、その店はもう存在しない。竜生が病気で倒れ、それまでのようにパンをつくることができなくなったからだ。記憶にある姿よりも痩《や》せてしまったし、杖も必要になったようだが、表情は明るかったのでほっとする。

立ち上がって夫妻に近づいた愛美は、「ご無沙汰《ぶさた》しています」と頭を下げた。

「お元気そうで何よりです。お散歩ですか？」

「天気もいいし、運動がてらに。ついでに夕飯の買い物もするんだとさ」

「今夜はビーフシチューをつくろうと思ってね。さっき、紗良《さら》ちゃんから薔薇酵母《ばらこうぼ》のブールが届いたのよ。中をくり抜いてシチューを詰めると美味しいんですって」

奥さんが発した「紗良」という名前に反応し、愛美の眉がかすかに動いた。その名を聞くのは一年ぶりで、胸の奥がちくりと痛む。

「あの……」

少しためらってから、愛美は遠慮がちに口を開いた。

「紗良はいま、どこで働いているんですか？」

奥さんは不思議そうに小首をかしげた。ルームシェアまでしていた友人なのに、そんなことも知らないのかと思われたのかもしれない。しかし、こちらの微妙な表情から何かを察したようで、竜生が教えてくれた。

「横浜《よこはま》の山手《やまて》にある『猫番館《ねこばんかん》』っていうホテルだよ」

「猫番館……」

「一度泊まったことがあるんだけど、とっても素敵な洋館ホテルなのよー。薔薇園とイングリッシュガーデンがきれいなところでね。紗良ちゃんが住んでいる寮も敷地内にあるみたいよ。私もあんな場所で働いてみたいわぁ」

和久井夫妻が去ってから、愛美はスマホで猫番館なるホテルを検索してみた。

表示されたホームページのトップ画像は、趣《おもむき》のあるレンガ造りの西洋館。焦《こ》げ茶と深紅《しんく》を基調にまとめられた内装も、クラシカルな雰囲気を演出している。ステンドグラスの窓が目を引く踊り場は、見ているだけでもうっとりしてしまう。

アンティークな椅子の上で優雅にくつろいでいるのは、純白の毛並みと色違いの瞳が美しい看板猫。春と秋に咲くという色とりどりの薔薇もみごとで、その芳香が画面を通してこちらまでただよってきそうだ。芸術的なフランス料理とともに、写真で紹介されている美味しそうなパンの数々は、紗良が焼いたものなのだろう。

(まるで別世界だわ)

せわしない現実から隔絶された、夢のような空間。一方の愛美は着古したスーツに身を包み、雑然とした会社の中で、伸び悩む営業成績に苛立《いらだ》っている。

紗良が再就職できたことはよろこばしいが、いまの自分との格差ときたら。

ため息をついた愛美は、スマホをバッグの中に放りこんだ。重い腰を上げて、お尻についた草を払ってから歩き出す。ケンカ別れをした友人と自分をくらべても、なんの意味もない。紗良とはもう、会うこともないだろうから。

そう思っていたのだが――

一泊目

好敵手《ライバル》であり 友であり

かつての外国人居留地であり、横浜《よこはま》の港を見下ろす高台に位置する町、山手《やまて》。薔薇《ばら》と洋館が有名なこの町の一角に、ホテル猫番館《ねこばんかん》は今日も静かにたたずんでいる。

「ごちそうさまでした！」

四月はじめの昼下がり。ホテルの敷地内に建つ従業員寮は、春特有のやわらかい空気に満ちていた。外観は古い洋館だが、中は現代的にリノベーションされており、一階の共用リビングにはそこはかとなく甘い香りがただよっている。

「はー、美味《おい》しかった。余は満足じゃー」

芝居がかった台詞《せりふ》とともに、高瀬紗良《たかせさら》の同僚である市川小夏《いちかわこなつ》が、絨毯《じゅうたん》の上にごろりと寝転がった。あおむけになり、ふくれたお腹《なか》をさする。

「ひとりあたり二個半は、ちょっと多かったかもしれませんね……。大きめだったし」

ローテーブルを挟んだ向かいに座っていた紗良もまた、はち切れそうな自分のお腹に手をあてた。この状態で正座はきつかったので、やむを得ず足を崩す。

木目が美しいテーブルの上には、空になった食器やグラスが無造作に置いてある。今日はベルスタッフの小夏と休みが重なったため、一緒に昼食をとったのだ。コロニアル調の輸入家具に、シーリングファンがついた天井照明。インテリア雑誌の一ページに載っていそうなリビングも、こうして食事をすると生活感が出てしまう。

昼食のメニューは、紗良が関西からお取り寄せした、人気店のベーグルだ。十種類を二個ずつ、合計で二十個の詰め合わせである。

頼んだのは年が明けてすぐだったが、全国から注文が殺到しているらしく、届いたのは今日の午前中だった。一個を半分に割って小夏と分け合い、ふたりで五個分を平らげたので、五種類のフレーバーを試すことができた。

「小夏さんはどれが気に入りましたか？」

「ダントツ一位はいちご練乳！　キャラメルナッツも好みだったな。あとは定番のブルーベリー……。つまり甘い系はぜんぶよ。紗良ちゃんは？」

「わたしはチーズカレーです。生地に包まれていたマッシュポテトがホクホクで、カレーとの相性もばっちりでした。フライドオニオンを練りこんだものも美味しかったし。三カ月待ちをした甲斐《かい》がありましたね」

紗良はテーブルの上に、愛用しているノートを広げた。はじめて食べたパンの味や食感は、記憶が鮮明なうちに書き残しておかなければ。

「皮《クラスト》が厚くてぱりっとしていたから、茹でる時間《ケトリング》が長めなのかな？　使用しているのは自家製のヨーグルト酵母《こうぼ》と、あとはなんだろう？　粉はブレンドみたいだけど、もしかしたらライ麦が少し入っているかも。ああ、配合率が知りたい……！」

ぶつぶつ言いながら、紗良は猛然と文章を書き連ねていく。

これは師匠と仰いでいるパン職人の教えで、高校生のころから実践している。ノートには文章のほかにも、色鉛筆で見た目をスケッチした絵も添えてあった。写真のほうが確実なのだが、新商品を考えるときに完成予想図も描くので、練習を兼ねてそうしている。

「あいかわらず研究熱心だねえ」

「パンの奥深さは底なしです。知れば知るほどわからないことが出てくるから、終わりはありません。もちろん知識だけじゃなくて、技術も磨いていかないと」

「紗良ちゃん、パン職人になって何年目？」

「五年目に入りました。職人としてはまだまだですね。――どうですか？」

ノートを小夏のほうに向けると、起き上がった彼女はずれた眼鏡を直し、まじまじと紙面を見つめた。正確には文章ではなく、イラストのほうを。

「……まあ、その、頑張って描いたんだなーってことは伝わってくるよ。うん」

「うう……やっぱり下手《へた》なんですね」

「いやその、味がある？　個性的？　えーと、ほかにはない独特な作風というか」

「気を遣わせてすみません。こればかりはなかなか上達しなくて」

紗良はしょんぼりと肩を落とした。

自分に絵心がないことは、小学生のころから自覚している。料理長の天宮隼介《あまみやしゅんすけ》に新商品の企画書を出したときも、彼は完成予想図を見るなり、困ったように首をかしげた。面と向かって下手だと言われたことはないので、そこは彼の優しさだろう。

一方の小夏は、大学のデザイン学科を出ただけあって、美的感覚にすぐれている。以前はＷｅｂデザイナーだったそうだが、猫番館のおもてなしに感銘《かんめい》を受け、転職したのだという。その後、彼女はオーナーの依頼でホテルのホームページを改良した。劇的に見やすくなったおかげで、アクセス数も増えたとか。

「おやマダム、ごきげんよう」

小夏の声に反応し、紗良は顔を上げた。少しだけ開いていたドアの隙間《すきま》から、大きな白猫がするりと入ってくる。

かすかな汚れも許さない、手入れの行き届いた豪華な毛皮は、彼女の美意識の高さを物語っている。ただそこにいるだけで愛らしいのに、マダムはおのれを磨くことに余念がない。下僕もといお世話係の本城要《ほんじょうかなめ》によると、そのスタイルを維持するため、みずから食べる量を調整することすらあるというのだから驚きだ。

長い尻尾を揺らしながら近づいてきたマダムは、すぐに足を止めた。咎《とが》めるような視線を受けて、小夏が「見逃してよー」と両手を合わせる。

「ほかの人が帰ってくるまでには片づけるから！　いまは私たちしかいないし、女子会の無礼講ってことで許してよ。ね？」

マダムは小さく息を吐いた。彼女が人間だったら、苦笑して肩をすくめていただろう。

——まったく、しかたがないわね。そんな声が聞こえてきそうだ。

リビングを通り抜けたマダムは、玄関のほうへと歩いていった。来館したお客をホテルのフロントで出迎えるのが、看板猫である彼女の仕事だ。

出勤するマダムを見送ると、マグカップに手を伸ばした小夏が口を開く。

「そういえば、さっき食べたベーグル。紗良ちゃんの知り合いのお店なんだっけ？」

「ええ。正確には、専門学校時代のクラスメイトが就職したお店です」

学校は東京にあり、学生のほとんどは都内か、近隣の県に住んでいた。紗良も鎌倉《かまくら》の実家から通っていたのだが、そのクラスメイトは関西から上京した。彼女曰《いわ》く、一度は東京で暮らしてみたかったそうで、都内に住む姉とマンションで同居していたとか。

卒業後は地元のベーグル専門店に就職し、現在も元気に働いているようだ。

「その彼女から去年の年末に、葉書が届いたんですよ。結婚報告の」

「へえ」

「お相手は、同じお店に勤める先輩職人さんだそうです」

「職場恋愛からの結婚かー。紗良ちゃんと同い年なら、はやいほうじゃない？」

「そうですね。たぶんクラスメイトの中では第一号だと思います。その葉書にベーグルのことも書いてあったので、一度頼んでみようかなと」

葉書にはほかにも、秋に式を挙げる予定だとも書いてあった。彼女とは卒業してから一度も会っていないのだが、年始や誕生日などにはメッセージを送り合っている。式の予定を教えてくれたということは、学生時代に仲がよかったクラスメイトには、招待状を出すつもりなのだろう。

(同窓会のときは会えなかったし、お式に呼んでもらえるなら行きたいな)

彼女以外にも、久しぶりに再会できるクラスメイトがいるかもしれない。そう考えたとき、紗良の脳裏にひとりの女性が思い浮かんだ。ルームシェアをするほど親しくしていたのに、いまはメッセージを送ることもできずにいる友人――

思わず表情を曇《くも》らせると、小夏がふたたび話しかけてくる。

「職場恋愛といえば。紗良ちゃんはどうなの？　要さんと」

「えっ!?」

「何か進展とかあった？」

いきなり水を向けられて、うろたえた紗良は目を泳がせる。

「し、進展なんてありませんよ。第一それは、お互いが相手に対する好意を持ち合わせているることが大前提じゃないですか」

「要さん、紗良ちゃんのこと気に入ってるように見えるけどなー」

「それはその。からかい甲斐のある相手だから、わたしの反応をおもしろがっているだけなんじゃないかと。珍獣《ちんじゅう》扱いと言いますか。恋愛的な好意とは違うんですよ、きっと」

「そうかなぁ？　要さんの性格的に、対象外の女の子にああいう絡み方はしないと思うんだけど。好意がないくせに、無駄に思わせぶりな態度をとっていたとしたら、ちょっと問題だわね。そういう奴は男女を問わず、タチが悪い」

「……………」

要のことが好きか嫌いか。どちらなのかと訊《き》かれたら、その答えはもちろん前者だ。

コンシェルジュの彼は、仕事に対しては常に誠実。宿泊客が快適に過ごせるよう、いつも心を砕いている。ホテルの後継者でもあるため、未来のオーナーにふさわしい人間になろうと、あらゆる努力を惜しまないところも尊敬している。

物腰がやわらかくて話しやすいし、からかわれているときも、心の奥ではその掛け合いを楽しんでいるのも事実だ。少し前までは、それが恋愛につながる好意なのか、自分でもよくわからなかったのだけれど……。

『いっそのこと本当の彼氏になろうか?』

『俺、いまは誰ともつき合う気がないから』

以前、とある嘘《うそ》がきっかけで恋人同士のフリをすることになったとき、要はそう言っていた。先の言葉を聞いたときは嬉《うれ》しく感じて、すぐあとに続いた言葉にはショックを受けた。それは要に対して、明確な好意を抱いているからだ。

もしや彼は、紗良がまだ自覚もしていなかった気持ちに、あの時点で気づいていたのだろうか?　だからそれ以上は踏みこませないよう、あえて牽制《けんせい》したのかもしれない。

「よし。ここはひとつ、この私がそれとなく探りを入れて……」

「こ、小夏さん!　そこまでしていただかなくても大丈夫ですから」

いまにも要のもとに突撃していきそうな小夏を、紗良はあわてて止めた。

やみくもに動いて、彼との関係が悪い方向に進んでしまうのが怖かったのだ。まだそこまでの覚悟は持てないし、この均衡《きんこう》を崩したくもない。

「あ、そうだ!　ちょっといまから厨房《ちゆうぼう》に行ってきますね」

「厨房って、ホテルの?」

「さっきのベーグル、天宮さんたちにも差し入れしようと思って。小腹がすいたときに食べられるし、ちょうどいいかと」

早口で言った紗良は、勢いよく立ち上がった。そして保存しているベーグルをとりに、そそくさと奥のキッチンに向かったのだった。

差し入れのベーグルを紙袋に入れた紗良は、靴を履《は》いて寮を出た。

(天宮さんは最近、和洋折衷《せっちゅう》に興味があるみたいだから、よもぎ入りの草餅《くさもち》風……)

料理人の早乙女《さおとめ》は甘党なので、濃厚なダブルチョコレートを選んだ。そしてパティシエの叔父には、苦味が強めの豆を使っているという、大人向けのカフェモカ味。それぞれの好みに合わせたから、きっとよろこんでもらえるだろう。

従業員用の出入り口がある裏庭に入ったとき、紗良は思わず足を止めた。

隅《すみ》に置かれた古いベンチに、要が座っていたのだ。ジャケットは脱いできたのかベスト姿で、脚《あし》を組んで何かの雑誌を読んでいる。その隣ではホテルの敷地内でよく見かける三毛猫が、体を丸めて眠っていた。

誌面に目を落としているからだろうか。うつむき加減の表情に、なんとなく陰《かげ》りがあるように見える。声をかけるのをためらっていると、要がこちらの気配に気づいて顔を上げた。眼鏡の奥の目を細めて微笑《ほほえ》む。

「あれ、紗良さん。今日は休みじゃなかった?」

向けられた笑顔は、いつもとなんら変わらない。紗良はほっとしながら近づいた。

「お取り寄せしたベーグルが届いたので、厨房に差し入れに行くんです。まだたくさんありますし、要さんもよかったら」

「ありがとう。それじゃ、今日はそれを夕飯にするか」

食に無頓着《むとんちゃく》な要は、料理もしない。必要な栄養がとれるなら、メニューにはこだわらないそうだ。本人はよくても、若い男性の夕食がベーグルだけというのはどうかと思ったので、要が食べるものはボリュームを増やしておこうと考える。

(プレーンベーグルに具材を挟んで、サンドイッチにしようかな。厨房に残り物のお肉とか野菜があったら分けてもらって)

「……さん」

(あ、卵も栄養価が高いよね。ポーチドエッグを載せて、エッグベネディクト風にしてもいいかも。そうそう、レトルトのキーマカレーも残っていたはず。あれにスライスチーズを載せてトーストするとか……!)

「紗良さん、聞いてる?」

「はっ」

頭の中でアレンジレシピを組み立てていた紗良は、我に返って瞬《まばた》いた。パンについて考えはじめると、集中しすぎてまわりが見えなくなってしまう。自分の悪い癖だ。

「す、すみません。なんですか？」

「紗良さん、今度の休館日って空いてる？」

猫番館では年に数回、繁忙期を避けた平日に休館日を設けている。

その日はすべてのスタッフが休みになり、館内のメンテナンスが行われるのだ。設備を点検したり、業者を入れて大がかりな清掃をしたりして、ふたたびお客を迎える準備をととのえる。次の休館日は数日後だ。

「あいにくその日は予定があって……。天宮さんと出かける約束を」

「隼介さんと？　プライベートじゃめずらしい組み合わせだな」

「南青山《みなみあおやま》に、天宮さんのお兄さまが経営されているレストランがあるんです。厨房に立派な石窯《いしがま》があって、天宮さんのはからいで見学させていただけることになったんですよ」

先日かわした隼介との会話を思い出し、紗良は目を輝かせた。

『高瀬姪《めい》。おまえ、石窯に興味があると言っていたな。実物を見たことは？』

『実はまだないんです。お師匠さまのお店にもありませんでしたし……。仕組みについては本やネットで調べたんですけど、やっぱり実際に見てみたいですね』

『わかった。それなら俺の兄に頼んでみよう。たしか今度の休館日が店の定休日と重なるから、厨房に入れるはずだ』

『本当ですか!?』

『ああ。このまま会って話をしたら、兄も猫番館《うち》のパンに興味を持ったみたいだからな。パン職人としての意見を聞きたいらしい』

隼介が兄の武藤《むとう》氏に連絡をすると、彼はこころよく見学を許可してくれた。

『休みが合わないかもしれないが、俺の知り合いにも声をかけておく。そいつも石窯を見たがっていたんだ。いい勉強になるだろう』

「――というわけです」

「なるほど。それは願ってもない機会だな。紗良さんの顔がにやけるわけだ」

「え、そんなに顔に出てます？」

「嬉しくてたまらないって感じだよ。まあ、そういう素直なところが可愛《かわい》いんだけどね」

さらりと言った要は、少し残念そうに続ける。

「先約があるならしかたないか。父さんと誠《まこと》さんが学生時代から通っていた純喫茶が、今月末で閉店するみたいでね。伊勢佐木《いせざき》町にあるんだけど、誠さんに連れて行ってもらえることになったんだ。だから紗良さんも一緒にどうかなと思って」

「叔父さまが行きつけにしていたお店……。それは興味深いですね」

「閉店は月末だから、それまでに休みが合うようだったらまた誘うよ」

口の端を上げた要は、膝《ひざ》の上に広げていた雑誌を閉じた。ちらりと見えた表紙から、カメラ関係だとわかる。

趣味に関しては熱しやすく冷めやすい要が、ただひとつ本気で取り組んでいるのが写真だ。それなのに、雑誌を読んでいたときの表情が、あまり楽しそうに見えなかったことが気にかかる。何か悪いことでも書いてあったのだろうか……。

雑誌をじっと見つめていると、要が視線に気がついた。

「ああ、これ？　このまえ応募した写真コンテストの結果が載っていたんだ」

「コンテスト……」

「お察しの通り、落選したけどね。これで何回目かなぁ」

要は明るく笑ったが、もちろんこちらは笑えない。かける言葉が見つからずにうろたえていると、要がベンチから立ち上がった。紗良の肩をぽんと叩く。

「そんな顔しなくても大丈夫だよ。いつものことだから慣れてるし」

「……」

「あ、でもほかの人には内緒にしておいてくれるかな。家族にも言ってないから」

少し強めの声の響きに、こくりとうなずく。「ありがとう」と言った要は、雑誌を手にしたままホテルのほうへと歩いていった。従業員用の出入り口から館内に戻る。扉が閉まる音がどことなく、重たく聞こえた。

数日後――

「こちらが当店自慢の石窯です」

「わぁ……！」

念願の石窯を間近で目にした紗良は、思わず感嘆の声をあげた。

都会の片隅にたたずむレストラン「リエール」は、隼介の兄である武藤鷹志《たかし》がオーナーをつとめている、フランス料理の専門店だ。外観は瀟洒《しょうしゃ》な洋館で、上品で落ち着いた大人の隠れ家を思わせる趣《おもむき》があった。

武藤氏は長身の隼介と同じくらいの背丈があり、いかつい顔立ちも似通っている。しかし不愛想な弟とは違って人当たりがよく、紗良にも優しく接してくれた。定休日だというのに嫌な顔ひとつせず、厨房に入れてくれたこともありがたい。

（あこがれの石窯が目の前に……！）

リエールの厨房は、猫番館のそれよりも少し広めだろうか。清潔な厨房内には、コンロや調理台、業務用の冷蔵庫といった設備がそろっている。耐火レンガでつくられたドーム型の石窯は、その中でも強烈な存在感を放っていた。

「火は入っていませんから、もっと近くでご覧になっても大丈夫ですよ」

「いいんですか？　では遠慮なく……」

嬉しさでにやけそうになる口元を引き締めた紗良は、ゆっくりと石窯に近づいた。手を伸ばしてレンガに触れ、ひんやりとした感触を堪能する。

「ああ、このザラザラとしたレンガの手ざわり！　重厚で安定感がありながら、丸みのある可愛らしいドーム！　窯口の黒ズミですら美しい……！」

紗良はうっとりした表情で、あらゆる角度から石窯の構造を見て回った。ここぞとばかりに中をのぞきこみ、食材を置く焼き床や、薪《まき》を燃やす火床をじっくり観察する。

現代のパン屋には高性能の業務用オーブンがあるし、家庭用でも本格的なパンが焼けるようになった。材料を投入すれば、ミキシングから発酵《はっこう》、焼成《しょうせい》までを自動で行うホームベーカリーまで存在している。

そういった便利な機器が開発されるまでは、職人たちはこのような石窯で、日の出前からパンを焼いていたのだ。

日本で西洋型のパンがつくられるようになったのは、明治時代に入ってから。しかしヨーロッパでは、古代ローマの時代にはすでに、粉を挽《ひ》く臼《うす》やパンを焼くための窯が使われていた。基本的な製パンの技術は、この時代に確立されたといわれている。

「この石窯で、パンやお料理を焼き上げていらっしゃるんですね」

「もともとはピッツァを焼くために設置されたんですよ。以前はイタリア料理の店でしたから。私が買い取ってからは、グリル料理をメインに使っていますね。グラタンやローストチキン、あとはデザートなどを。りんごのタルト・オ・ポム《タルト・オ・ポム》や窯焼きプリンが人気ですよ」

「想像するだけでお腹がすきます……」

石窯はオーブンよりも扱いがむずかしく、火加減の調整に苦労する。そのための薪代もかかるし、メンテナンスも欠かせない。本格ピッツァを焼くには必要だが、パンをつくるのなら専用のオーブンがあれば事足りる。

それにもかかわらず、石窯で焼いたパンを売りにしている店は多い。

石窯は火を入れて熱すると、遠赤外線を放射する。内部に生まれる熱風でパンの水分を閉じこめて、外に逃がさないよう包みこむのだ。そのおかげで外はカリッと香ばしく、中はもっちりとした食感のパンが焼き上がる。手間暇はかかっても、石窯にはそれだけの価値があるのだ。

――――はるかな古代の職人は、どんな気持ちで毎朝、パンを焼いていたのだろう？

「なんて素敵なの。うっすら感じる焦げ臭さすら魅力的……！」

歴史のロマンに思いを馳《は》せながら、紗良はふたたび石窯に触れた。頬《ほお》ずりせんばかりに顔を近づけ、しつこく撫《な》で回していると、背後から男性の声が聞こえてくる。

「変態かよ」

ふり返ると、そこにはあきれたような表情でこちらを見つめる青年がいた。カーキ色のTシャツにチノパン、スニーカー姿の彼に、紗良は屈託なく声をかける。

「愛情表現と言ってください。そんなところにいないで、秋葉《あきば》くんも来ればいいのに」

「高瀬の変態行為に引いてただけだ。言われなくても行く」

大股《おおまた》で近づいてきた彼は、石窯の前に立つと、一転して真剣な顔になった。さきほどの紗良と同じように、熱心に観察しはじめる。まごうかたなき職人の目だ。

（まさか天宮さんの『知り合い』が、秋葉くんだったとは……）

秋葉洋平《ようへい》は、紗良が通っていた製菓専門学校のクラスメイトだ。

在学していた二年間、彼は座学も実技もトップの成績を維持し続けた。成績優秀者の特典である、海外短期留学も果たしている。豊富な知識と高度な製パン技術を併せ持つ秋葉は、ともに学ぶ仲間であり、最高の好敵手《ライバル》のひとりでもあった。

卒業後、秋葉は有名なブーランジェリーに就職した。しかし同僚との人間関係がうまくいかず、耐えきれずに辞めてしまったらしい。そのあと猫番館に乗りこんで、紗良から専属パン職人の座を奪おうとしたのだが……。

（最終的には天宮さんの紹介で、別のお店で雇ってもらえることになったのよね）

隼介曰く、秋葉は「どこか自分と似ている」人間なのだそうだ。再就職先を紹介したのも、そんな相手を放ってはおけなかったからだろう。今回の石窯見学も、紗良と秋葉に同じ経験をさせることで、どちらも成長してほしいと思っているはず。

半年ぶりに再会した秋葉は、紗良を見るなり気まずそうな表情になった。

しかし、自分は別に秋葉を恨んだりはしていない。彼は悩んでいた紗良にアドバイスをしてくれたし、そのおかげで看板商品である薔薇酵母のブールが完成したのだ。むしろ感謝しているくらいだが、秋葉の心中は複雑なのだろう。

「高瀬さんも秋葉さんも、熱心で好ましいですね。当店にはパン職人がいないので、冷凍の生地を購入して焼いているんですよ。どちらかスカウトしたいくらいだ」

「高瀬姪は猫番館《うち》の職人だ。秋葉も優秀だから、勤め先のオーナーが手放さないだろう」

すかさず隼介の声が飛んでくる。視線を移すと、彼は石窯には目もくれず、壁側の大きな棚を物色していた。

「食器に興味があるのか？　ここで働いていたときはそんなに関心がなかったよな」

武藤氏が話しかける。弟に対しては砕けた口調だ。

ふり向いた隼介は、一枚のお皿を手にしていた。縁《リム》と呼ばれる部分に、藍《あい》色の顔料で植物の模様が染め付けられたプレートだ。

「兄さん、これは？」

「有田焼《ありたやき》のディナープレートだな。ほかにも何種類か置いてある。東洋風の絵柄が入った食器を使うと、外国人客の反応がいいんだよ。そういった食器を使うとき、うちのシェフは絵柄に合わせた和洋折衷の料理を出している」

「和洋折衷……！」

隼介の目がキラリと光った。どうやら彼のツボを突いたらしい。

「うちのシェフは芸術肌というか、皿をキャンバスに見立てて料理を盛りつけるんだ。シンプルな白は使いやすいし、料理の色彩を引き立ててくれるが、華やかで個性的なものも楽しいらしいぞ。料理とうまく融合できれば、ストーリーが無限に広がる」

猫番館で使われているのは、縁にレースのような花の浮き彫りがほどこされた、白磁の食器だ。隼介の前にシェフをしていた人が購入したものを、現在も使い続けている。特に支障はなかったのだが、隼介のほうに心境の変化があったようだ。

「『ゆきうさぎ』……行きつけの小料理屋でも、似たようなことを言われたんだ。店主の叔父さんで、一緒に店をやっている人でさ。わざわざ長崎県の窯元まで足を運んで、波佐見焼《はさみやき》の器《うつわ》を買ったらしい」

「ああ、波佐見焼は長崎が本場だな。小料理屋なら和食器か」

「器がどれだけ立派でも、盛りつける人間のセンスが悪いと台無しになる。見栄えも料理の内だから、力を入れているそうだ。猫番館には外国人客がよく来るし、高齢のお客も多いからな。そのときは絵柄入りの焼き物を使ってもいいかもしれない」

　彼らの会話を聞きながら、紗良はほっと胸を撫で下ろした。

(天宮さん、楽しそう。わだかまりは解けたのかな)

　少し前まで、隼介は「リエール」で働いていたときのことを話そうとはしなかった。なんらかのトラブルがあって辞めたというから、武藤氏との関係もあまりよくないのではと思っていたのだ。

　しかしいまは普通に話しているし、武藤氏のほうも親しげに接している。

　何か思うところがあるのなら、そもそも紗良と秋葉をこの店に連れて行く気にはならないはず。きっとよい方向に進んだのだろう。猫番館では頼り甲斐のある隼介だが、武藤氏と話しているときは、しっかり「弟」に見えるから不思議だ。

兄弟の交流を微笑ましく見守っていると、隼介の眉間《みけん》にしわが寄る。

「おい、何をにやついているんだ」

「ふふふ。わたしのことはお気になさらず」

にっこり笑った紗良は、ふたたび石窯に視線を戻した。画像で記録しておこうと思ったのか、スマホを構えた秋葉が、さまざまな角度から写真を撮っている。

「秋葉くん、よかったら一緒に撮ってあげようか」

「なんで俺まで」

「いい記念になると思うけどどな。あ、ここで一枚撮ってくれる？」

石窯の前でポーズをとると、秋葉はあきれつつも撮影してくれた。

「ありがとう！　今度はふたりで一緒に」

「だから俺はいいって」

「私が撮ってあげますよ。秋葉さん、スマホをこちらに」

笑顔で右手を差し出す武藤氏に、秋葉は逆らえなかったのか、しぶしぶスマホを渡す。

撮影が終わると、紗良はふたり並んだ写真を確認しながら小さく笑った。

「なつかしいな」

「何が？」

「ほら、専門学校に通っていたころ、グループ実習があったでしょう。町のパン屋さんを見学して、レポートにまとめて発表するっていう。そのときも、同じグループの人たちと記念写真を撮ったなぁと。あのときは石窯じゃなくて、オーブンの前だったけど」

「ああ、そんな課題もあったな……」

「秋葉くんと同じグループになったのは、製パン実習のときだったよね」

学校の授業には、何人かで協力して課題を仕上げるという実習があった。

就職して社会に出れば、自分勝手にふるまうことは許されない。パン職人はお客と接することは少ないものの、職場の仲間や仕入れの業者とかかわることはあるのだ。社会人として備えておくべき協調性を育《はぐく》むために、グループ実習が設けられている。

すべてのクラスメイトと一度は組むことになっており、秋葉とは一年次のベーグル実習で同じ班になった。当時の秋葉はまだ、紗良を敵視してはいなかったし、もうひとりのメンバーだった彼女も――

紗良は軽くかぶりをふった。いまさら彼女のことを考えてもしかたがない。

気を取り直して写真を見ていると、隣に立つ秋葉に「あのさ」と声をかけられた。

「どうしたの?」

「その……ちょっと言いたいことがあるんだけど」

秋葉の視線が落ち着きなく動いた。話しにくいことなのか、歯切れが悪い。

「そ、そんなに緊張するような話……？」

「いや、そこまで深刻なことじゃなくて。でもその、人として言っておかないといけないというか。いつまでも引っかかったままなのも嫌だし、ちょうどいいチャンスだし」

何やらつぶやいていた秋葉は、意を決したように顔を上げる。

彼が口を開きかけたとき、厨房に軽やかな呼び鈴の音が鳴り響いた。タイミングの悪さに気が削がれたのか、秋葉はがくりと肩を落とす。

「あ、もうこんな時間か。二時から商談があるんだった」

武藤氏が腕時計に目を落とす。

「これから石窯に火を入れて、実際にパンを焼こうと思ったんだけど……。隼介、扱い方はまだ覚えているよな？　悪いけど代わりに火入れをやっておいてくれないか」

「わかった」

「薪のストックは倉庫にあるから」

それだけ言うと、武藤氏は厨房の奥にある裏口に向かった。

武藤氏を見送った隼介は、石窯の横に積んであった薪が乾いているかを確認し、火床に入れた。ガスバーナーで着火する。

「中があたたまるまで、どれくらいかかります？」

「はやければ一時間程度だが、この窯だともう少しかかりそうだな。暇だったらどこかで時間をつぶしてくるといい。カフェなら近くに『ブランピュール』の本店があるし、パン屋もいくつかあったはずだ」

「そうですねえ……。秋葉くん、一緒にカフェにでも行く？」

「えっ」

「何か言いたいことがあるんでしょう？　パン屋さんにも行ってみたいけど、カフェなら落ち着いて話ができると思うよ」

「いや、その、別に改まってするような話でもないから……」

秋葉がもごもごと言ったとき、奥のほうから複数の足音が近づいてきた。武藤氏が客人を連れて来たようだ。革靴のほかにヒールの音も聞こえてくるから、客人はおそらく女性だろう。ほどなくして、武藤氏が厨房に姿を見せた。

「オーナー室に行くには、こちらを通らなければならなくて。申しわけない」

「お気になさらないでください。私はお客ではありませんので」

――この声、どこかで……？

聞き覚えのある声に、胸がざわめく。

その疑問は、武藤氏の背後にいた女性を見た瞬間、一気に晴れた。

上品なグレーのパンツスーツに、ミドルヒールのパンプス。茶色がかった黒髪は、短めに切りそろえている。大きなビジネスバッグを肩掛けにした彼女と目が合うと、紗良は大きく息を飲んだ。彼女のほうもこちらに気づいて、びくりと肩を震わせる。

「さ、紗良!?」

「愛美《まなみ》ちゃん……」

そこにいたのは、一年ぶりの再会となる、かつてのルームメイトだった。


膠着《こうちゃく》していた場に割って入ったのは、武藤氏の声だった。

「お知り合いですか?」

「え、ええ……。同じ専門学校に通っていまして」

答えたのは愛美だった。紗良から視線をそらすと、冷静な表情で続ける。

「それはともかく、商談に入りましょう。本日は資料のほかに、試食品もいくつか持参しております ので」

「ああ、試食ができるのはありがたいですね。ではこちらへ」

愛美の姿が見えなくなると、紗良は無意識に、細く長い息を吐いていた。こんなところで再会するとは夢にも思っていなかったので、動悸《どうき》がおさまらない。

胸元を押さえると、秋葉が気遣うように「大丈夫か？」と声をかけてきた。

「顔色が悪いぞ。片平《かたひら》と何かあったのか？」

「……」

愛美は製パン科の学生だったので、当然、秋葉も彼女のことを知っている。紗良が特に親しくしていた相手だということもわかっているから、自分たちの間に走った緊張に気づき、心配してくれているのかもしれない。

「秋葉、高瀬姪を近くのカフェにでも連れて行ってやれ。甘いものでも食べれば少しは落ち着くだろう。俺は石窯の火加減を見ておかないといけないから」

「わかりました」

隼介の言葉に従って、紗良と秋葉は店を出た。少し歩くと「Pâtisserie《パティスリー》 Blanc《ブラン》 Pur《ピュール》」と書かれた看板を掲げる洋菓子店があったので、中に入る。二号店が横浜の元町《もとまち》商店街にあり、そちらには何度も行ったことがあるのだが、本店ははじめてだ。

二号店よりもきらびやかな印象の店内は、洋菓子の販売に加え、ティールームも併設していた。窓際の席に案内され、秋葉と向かい合わせになって腰を下ろす。

メニューを開いた秋葉は、紗良には選ぶ時間を与えなかった。水を持ってきたギャルソンに、すかさず「季節のケーキセットをふたつ」と頼む。

「ここは俺が奢《おご》る」

「え、でも」

「遠慮はいらない。高瀬にはその……借りがあるしな」

どのような借りなのかはよくわからなかったが、せっかくの厚意を無下《むげ》にするのは忍びない。紗良はお礼を言って、彼の言葉に甘えることにした。

しばらくして運ばれてきたのは、ストロベリーシフォンケーキと紅茶だった。きめの細かい生地は、フリーズドライの苺《いちご》パウダーか果汁を混ぜているのだろう。可愛らしいピンク色に染まっている。ケーキの横には、ヘタがついた苺とミントの葉、そしてたっぷりの生クリームが添えられており、見ているだけでも心がときめく。

「いただきます」

フォークを手にした紗良は、小さく切り分けたシフォンケーキを口に運んだ。

苺の甘酸《あまず》っぱい香りが広がって、舌の上で生地がとろける。口当たりは絹のようになめらかで、ふんわりと軽い食感が心地よい。甘さはおさえてあったが、コクのある生クリームと合わせれば、風味豊かな味わいを楽しめる。これはいくらでも食べられそうだ。

（そういえば、シフォンケーキも実習でつくったことがあった……）

過去の記憶がよみがえり、手が止まった。食べかけのケーキをじっと見つめる。

専門学校ではパンのほかに、洋菓子や和菓子についても学んでいた。パンほど多くはなかったが製菓実習もあり、シフォンケーキも含まれていたのだ。簡単そうに見えるが独特のふわっとした生地に仕上げるのがむずかしく、失敗も多いお菓子なので、きれいに焼き上がったのは秋葉の班くらいだったと思う。

『なんなのあいつ。パンだけじゃなくてお菓子づくりまで得意なの⁉』

秋葉にライバル心を燃やしていた愛美は、自作のしぼんだシフォンケーキを試食しながら悔しがっていた。紗良も同じく失敗し、腰折れしてしまったケーキを前にしょんぼりしていたのだが、愛美は『うちでもう一度つくってみよう』と誘ってくれた。当時の彼女は千葉県の船橋市《ふなばし》にある実家に住んでいたから、そちらにお邪魔したのだ。

愛美の母親まで一緒になって、三人で仕上げたシフォンケーキは、前回よりはマシだと言える程度の出来だった。それでもつくっているときは楽しかったし、焼き上がったケーキは、とても美味しく感じたのだ。

「……愛美ちゃんとは、一年くらい前までルームシェアをしていたの」

紗良の言葉に、秋葉は驚いたように目を見開く。

「高瀬と片平って、そんなに仲がよかったのか。タイプが違うのによく気が合ったな」

「趣味が同じだから意気投合して」

「趣味？」

「大相撲観戦《おおずもうかんせん》」

ぱちくりと瞬《まばた》いた秋葉は、「予想外の答えだな」と言った。たしかに同年代で同じ趣味を持つ人はあまりいないし、寮の自室に番付表を貼っていたら、部屋に招いた小夏に驚かれた。だからこそ、貴重な同志である愛美と出会えたことが嬉しかったのだ。

紗良の祖父は熱心な相撲ファンで、子どものころはよく、兄と弟も一緒に両国《りょうごく》の国技館まで連れて行ってくれた。兄と弟はさほど興味を持たず、いつの間にか行かなくなってしまったが、紗良だけはその魅力にとりつかれ、高校生になっても同行していた。

その後は祖父との関係に亀裂が入り、生での観戦は途絶えてしまった。専門学校で愛美と仲良くなり、彼女と一緒に国技館に行くようになるまでは、自室でひっそりとテレビ観戦を楽しむ日々を送っていたのだ。

就職が決まったとき、ルームシェアを提案したのは愛美のほうだった。

『紗良の職場に近い場所で、一緒に住めるアパートを探そうよ。葛飾《かつしか》区なら家賃もそんなに高くないでしょ。私の会社にも一時間以内で行けるし』

『両国にも近いから、国技館に行くのが楽になるね』

『そういうこと!』

もともと卒業したら、家を出るつもりではあった。しかし当時の紗良は家事がほとんどできなかったし、諸々《もろもろ》の契約方法もよくわかっていなかった。自立して一端《いっぱし》の大人になりたいと言うのは簡単だが、それまで祖父母や両親に守られていた自分に、そんなことができるのか。不安に感じていたので、愛美の申し出は渡りに船だった。

愛美は紗良の実家に遊びに来たことがあるし、両親にも友人だと紹介していた。彼女なら祖父も許してくれるだろうと思ったのだが、防犯上の理由で反対されてしまった。相手が男性だったとしても、別の意味で反対されたと思う。要するに祖父は、紗良が結婚するまで実家にとどめておきたかったのだ。

とはいえ師匠のベーカリーで働くには、鎌倉はあまりにも遠すぎる。一般的な会社なら可能だろうが、仕事は早朝からはじまるのだ。学校に行っていたときのように通えるはずもなく、紗良は祖父の反対を押し切って、愛美と新生活をはじめたのだった。

「愛美ちゃん、家事ができないわたしにいろいろ教えてくれたの。掃除や洗濯のやり方から、ゴミ出しのルールに至るまで。食事はお互い仕事が忙しかったこともあって、売れ残りのパンやお惣菜《そうざい》で済ませる日のほうが多かったけど」

「俺だって平日はそんなもんだ。帰っても自炊《じすい》する気力なんてないし」

秋葉の同意を得た紗良は、嬉しくなって身を乗り出した。

「そうだよね！　仕事帰りはクタクタだし、お風呂に入って寝るくらいしかできなくて」

「うちは近所に二十四時間やってるスーパーがあるから助かってる」

「ああ、それはうらやましい。コンビニはちょっとお高めだものね。スーパーの閉店間際にすべりこんで、半額のお弁当を見つけたときのよろこびといったら……！」

嬉々《きき》として喋《しゃべ》っていたが、秋葉のあっけにとられたような顔を見て首をかしげる。

「どうかした？」

「いや……。高瀬も半額弁当に目の色を変えるのかと思ったら、なんだか妙な感じで」

「そう？　わたし、スーパーのお弁当って大好き。お給料日前はタイムセールで大助かりだよ。冷凍食品も四割引の日があるのよね。普段は手が出せないものは、このときにまとめ買いしたりして」

秋葉が言いたいことは、なんとなくわかる。たしかに実家にいたころは、スーパーのお惣菜やお弁当を口にする機会はなかった。高瀬家では、家事は家政婦の仕事である。食事はいつも、彼女がつくったできたての和食が食卓に並んでいたし、お弁当も重箱入りの立派なものが料亭から届けられていた。

高瀬家では普通のことだったのだが、愛美とルームシェアをはじめてから、それが一般的ではないのだと思い知った。実家の食卓にのぼる料理は凝《こ》ったものが多かったし、食材も厳選されていたが、仕事のあとに食べるスーパーのお弁当も美味しい。これは家を出て自活をしなければ気づかなかったことだ。

『冷凍食品も美味しいでしょ？　昔は解凍したらべちゃっとなって味が落ちるとか言われてたみたいだけど、いまはそんなことないからね』

『うん。種類もたくさんあって、おかずには困らないね。パンもぱりっとしてるし』

『パンの場合は冷凍することで中の水分を閉じこめて、かたくなるのを防ぐのよ。パンの老化は水分の蒸発が原因だからね。冷凍なら保存がきくし、リベイクすればいつでも焼きたて同然のパンが食べられる。手軽で便利。最高じゃないの』

愛美は自慢げにそう言っていた。

業務用の冷凍食品を扱う会社で働く彼女は、自社の製品に誇りを抱いている。営業職は本人の希望ではなかったそうだが、いつかは開発の仕事に就くことを夢見て、真摯《しんし》に業務に取り組んでいたのだ。そんな彼女を見ていると、自分も頑張ろうと思えたし、仕事に対するやる気も湧いた。

しかし――

秋葉が紅茶を一口飲んだ。カップをソーサーの上に置き、こちらを見る。

「そんなに仲がよかったのに、なんで同居を解消することになったんだよ?」

「それは……。その、愛美ちゃんに彼氏ができて」

「男か。なるほど」

「最初から約束していたの。結婚が決まったり、恋人と一緒に住みたくなったりしたときは、アパートを解約しようって。月日が経《た》てば状況も変わっていくし、いつまでもルームシェアを続けられるとは、わたしも思っていなかったんだけど……」

愛美から恋人の存在を聞かされたのは、同居をはじめてから二年半ほど経過したころのこと。相手は仕事関係で知り合ったという、ひとまわり年上の男性で、日本語が堪能なアメリカ人だった。紗良にも紹介してくれたので、顔と名前は把握《はあく》している。

歳《とし》の差があるなとは思ったけれど、愛美はとても幸せそうだった。相手も優しくほがらかな男性で、特に悪い印象はなかった。だからはじめは祝福していたのだが……。

(どうしよう……。流れでいろいろ話しちゃったけど、この先は)

ためらっていると、察した秋葉が肩をすくめる。

「いまさらだな。そこまで話したんだから、最後まで言えよ。気になるだろうが」

「う……」

「言っておくけど、俺はその手の話をところかまわず吹聴するほど馬鹿《ばか》じゃないからな」

顔を上げた紗良と、秋葉の目が合う。不機嫌そうな表情をしていたが、たしかに彼はそんな人ではないだろう。紗良はふたたび口を開いた。

「愛美ちゃんと彼氏がつき合いはじめて、四カ月くらい経ったころだったかな……」

都心で買い物をしていたとき、見かけてしまったのだ。百貨店内のジュエリーショップに愛美の彼氏がいるところを。愛美と一緒であればなんの問題もなかったのだが、彼と腕を組んでいたのは知らない女性だった。

仲睦《むつ》まじくアクセサリーを選ぶ彼らの姿を目撃したとき、見てはいけないものを見てしまったのだと思った。動揺した紗良は彼らに気づかれないよう、静かに背を向けてその場を離れたのだった。

「身内か友だちって線は……なさそうだな」

「いくら外国人でも、あの密着ぶりを見る限りは違うと思う。愛美ちゃんと別れたのかなと思ったんだけど、そんな話は聞いていなかったし」

そのときは愛美に報告することもできず、もやもやとした気持ちだけが残った。決定的な出来事が起こったのは、それからひと月後のこと。オープンしたばかりのベーカリーカフェで、くだんの彼氏とふたたび顔を合わせたのだが――

眉間にしわを寄せた紗良は、事実を告げた。

「あの人、よりによってわたしを口説いてきたの。愛美ちゃんという彼女がありながら」

「……マジか」

紗良はこくりとうなずいた。

もちろん、そのときは丁重にお断りした。すると彼は悪びれた様子もなく、「いまのは冗談だから、愛美には内緒だよ」と笑ったのだ。紗良に限らず、チャンスがあれば誰にでも気軽に声をかけているのだろう。それがはっきりわかるほど慣れた様子だった。

この人と交際を続けて、愛美は本当に大丈夫なのだろうか？

彼に対する不信感がつのり、紗良が頭を悩ませていたときだった。愛美が彼と同棲《どうせい》するため、次の契約更新はしないと言い出したのだ。

『まだ二月だし、新しい部屋を探す時間はあるよね？　私もこのあたりでよさそうなアパートを探してみるから。いいところがあったら教えるよ』

紗良たちが住んでいたのは、一年ごとに契約を更新するタイプのアパートで、三月末に満了を迎える予定だった。紗良は四月以降も住むつもりでいたのだが、愛美の同意がなければそれはできない。ルームシェアの解消条件には当てはまっていたし、友人が幸せになれるのなら、ひとり暮らしになってもかまわないとは思っていた。

しかしそれは、相手の男性に問題がない場合に限る。

さすがに黙ってはいられず、紗良は彼に対して自分が抱いている疑念を伝えた。やんわりと切り出したのだが、彼を信じ切っている愛美の機嫌を損ねてしまう。次第に口論に発展していき、最終的には決裂してしまったのだ。

(友だちとあんなケンカをしたのは、愛美ちゃんがはじめてだった)

紗良は小学校から高校まで女子校に通っていたのだが、仲良くなった友人は、控えめでおっとりした気質の子ばかりだった。基本的に譲り合うため、ケンカになるようなことも起きなかったのだ。一方の愛美は、彼女たちとはタイプが異なるしっかり者。同居していたときは、頼れる人柄に何度も助けられた。

結局、仲直りができないまま、愛美は三月までの家賃を置いて退去した。

紗良のほうは、少し前に師匠が倒れ、職を失ったばかり。加えて三月末まではアパートを出なければならなくなり、窮地《きゅうち》に立たされてしまう。祖父からはお見合いをすすめられ、困っていたときに出会ったのが、猫番館だったというわけだ。

「片平とはそれっきり?」

「うん……。猫番館で働きはじめたとき、メッセージを送ろうかとは思ったんだけど。考えているうちに出しそびれちゃったの。愛美ちゃんからの連絡もなかったし」

話を終えた紗良は、紅茶のカップを手にとった。すっかりぬるくなってしまったアッサムティーが、渇いた喉《のど》を潤していく。

(愛美ちゃん、いまでもあの彼氏とつき合っているのかな……)

「同窓会にも来なかったのは、わたしに会いたくなかったからなのかも」

「何か用事があったんだろ。卑屈になるなよ」

「そうだね……。そうだといいな」

秋葉の言う通りだ。卑屈になってはいけない。

この一年、何度も連絡しようとは思った。けれど拒絶されることが怖くて先延ばしにしているうちに、余計に気まずくなってしまったのだ。ここで愛美と再会したのも、きっと何かの縁なのだろう。せっかくの機会を無駄にするわけにはいかない。

――彼女と話そう。それでも拒絶されたときは、その事実をしっかり受け止める。

考えがまとまると、頭の中にかかっていた分厚い霧が、少しずつ晴れてきた。同時に食欲が戻り、紗良は残っていたシフォンケーキをきれいに平らげる。

静かにフォークを置いた紗良は、秋葉に向けて笑いかけた。

「秋葉くん、話を聞いてくれてありがとう。やっぱり溜めこむのはよくないね」

「まあな」

「お店に戻ったら、愛美ちゃんに話しかけてみる。前と同じようにはいかないかもしれないけど、ケンカしちゃったことについてはきちんとあやまっておきたいし」

秋葉の眉がぴくりと動いた。

「あやまる、か……」

「ん？　何か言った？」

「別に」

そういえば、半年前に秋葉と再会したとき、彼は明らかに紗良を敵視していた。

しかしいまはこうして向かい合い、相談ができるようになっている。短期間ではあったが、猫番館で一緒に働き、お互いの仕事を認め合うことができたおかげだろう。可能であれば愛美とも、これまでのわだかまりを解いておきたい。

決意をかためた紗良は、気合いを入れて紅茶を飲み干した。


香ばしい匂いが鼻腔《びこう》をくすぐり、愛美は顔を上げた。向かいに座っていた武藤氏が、微笑みながら教えてくれる。

「厨房でパンを焼いているんですよ。石窯をご覧になったでしょう？」

愛美の脳裏に、さきほどの光景がよみがえる。

裏口からオーナー室に向かう際、厨房を通り抜けた。たしかにそこにはレンガ造りの石窯があったと思う。普段なら大いに興味を引かれるものなのだが、あまり印象に残っていないのは、石窯の前に立っていた男女に気をとられてしまったからだ。

(だってまさか、あんなところで紗良に会うなんて思わなかったんだもの！　おまけに秋葉まで一緒にいるし！)

紗良と秋葉はクラスメイトではあったが、プライベートでも会うほど親しくはなかったはずだ。そんなふたりがなぜ同じ場所にいるのかわからず、愛美を混乱させた。

武藤氏から聞いた話によると、紗良と秋葉は石窯を見学するために、この店をおとずれたそうだ。武藤氏の弟がホテル猫番館でシェフをつとめており、その縁で紗良たちを連れて来たとか。秋葉はシェフの知り合いらしく、現在は横浜市内にあるビストロで、パン職人として働いているとのことだった。

「パン職人がふたりも来てくれたのなら、彼らが生地から手づくりしたパンを食べてみたいところではありましたが……。一からつくるとなると、発酵やベンチタイムで時間がかかりますからね。今回は冷凍庫にあるストック生地を使ってもらいました。石窯の使い方は弟が心得ていますので、実演しているのでしょう」

話をしながら、武藤氏は愛美が持参した契約書にペンを走らせた。サインをして捺印《なついん》も済ませる。

「これで契約成立ですね。今後ともよろしくお願いいたします」

「こちらこそ。お店の売り上げに貢献できるよう、全力を尽くします」

立ち上がった愛美は、笑顔の武藤氏と握手をかわした。

――久しぶりに新規の契約がとれた……！

じわじわと湧き上がるよろこびを噛《か》み締めながら、愛美は契約書に目を落とした。気を抜けばゆるみそうになる口元を引き結び、不備がないかを確認する。

武藤氏が営む「リエール」は、テレビや雑誌でよく紹介されている、人気のフレンチレストランだ。常連客の中には芸能関係者をはじめ、音楽家や作家などの著名人も多く、お忍びで通う姿が目撃されている。

そんな人気店のオーナーからある日、愛美の会社に連絡が入った。こちらで販売している冷凍パンに興味があり、条件に合えば取り扱いを検討したいとのことだった。

ここで契約をとることができれば、これまでの失敗が相殺《そうさい》される。担当をまかされた愛美は念入りに準備をととのえ、万全の態勢で商談に臨んだ。その努力が実を結び、武藤氏は契約書に判を押してくれたのだった。

立派な石窯を備えているが、「リエール」にはパン職人がいない。パンはあくまで料理の添え物であり、一定のクオリティさえ保っていれば、自家製にはこだわらない。それが武藤氏の方針なのだそうだ。

フランス料理に添えるのは、バゲットやブールといった伝統的なパン《パン・トラディショナル》が基本だ。卵や油《ゆ》脂《し》などの副材料を使わず、小麦粉と酵母、塩と水だけで生地をつくる。シンプルでありながら奥が深く、つくり手の技量で、仕上がりに天と地ほどの差が生まれるパンだといえるだろう。武藤氏はそれを知っているから、無理をせず市販の生地を購入している。

『冷凍パンは契約していた業者があったのですが、一年前に新社長が就任してからは、味が落ちる一方で。コスト削減のために、材料の質を落としているのでしょうね。さすがに許容できなくなってきたので、別の業者を探していたんですよ』

武藤氏は困ったような表情で言っていた。

『主役ではなくても、パンは料理を構成する大事な要素のひとつです。いまでもぎりぎりなのに、さらに質が悪くなれば、店の評判にもかかわってくる。何よりも、当店の料理を楽しむために来てくださっているお客様に申しわけが立ちません』

『冷凍パンを取り扱っている業者は、ほかにもたくさんあります。その中で、なぜ弊社《へいしゃ》を選ばれたのでしょうか？』

『私の知り合いが、都内にある大学のカフェテリアで働いておりまして。そちらで御社の冷凍パンを仕入れているそうなんですよ。試食したら美味しくて、学生さんにも人気だとか。そんな話を聞いたものですから』

武藤氏はおもむろに手を伸ばした。テーブルの上に置いてあった商品カタログを手にとり、ぱらりとめくる。

『片平さんがおっしゃった通り、仕入れ値は少々高めに設定されているとは思います。予算の都合がつかずに、あきらめざるを得ないオーナーさんがいても当然かと』

『はい。ですが弊社の商品は――』

『値段相応の価値がある。試食品を口にしたとき、上質な材料を使っていることはすぐにわかりました。多少コストがかかっても、私は質の良さを優先したい。御社の冷凍パンこそ、私が求めていたものなのです』

そう言って、武藤氏は満足げな笑みを浮かべたのだった。

(うまくいってよかった……。契約書が輝いて見える)

無事に商談がまとまり、愛美は感激に打ち震えた。久々の成功が嬉しくて、心地よい達成感が全身を包みこむ。はやく会社に戻って、上司に報告がしたい。

うずうずしていたとき、武藤氏が声をかけてきた。

「そうだ。片平さん、まだ時間はありますか？」

「えっ？　ええ、大丈夫ですよ」

相手の機嫌を損ねたくなかったので、愛美は笑顔でうなずいた。

「よろしければ、焼きたての石窯パンを召し上がりませんか？」

「え……」

「前の業者から仕入れていた冷凍生地が、まだかなり残っているんですよ。かろうじてお客様にお出ししても問題ないレベルではありますが、できるだけはやく新しいものに切り替えたくて。急《せ》かすようで申しわけない」

「いいえ。納品につきましては至急、手配させていただきます」

「残っている生地は、賄《まかな》いで消化していく予定です。いま焼いているパンもそれなんですよ。できれば片平さんにも試食していただいて、ご意見をうかがえればと」

思いもよらない申し出に、愛美は戸惑《とまど》って視線をさまよわせた。

味が落ちたという他社のパン。それがどの程度なのかを確認したい気持ちは、もちろんある。けれど厨房にはいま、紗良と秋葉がいるのだ。秋葉はともかく、紗良とまた顔を合わせるのかと思うと、非常に気まずい。

（武藤さんには悪いけど、ここは急ぎの仕事を思い出したことにして……）

そこまで考えて、はたと気づく。どちらにしろ、店から出るには厨房を通らなければならないのだ。武藤氏に頼めば表から出られるかもしれないが、私情でそんなことをお願いするのもどうなのかと思う。

――無様に逃げるわけにもいかない、か。

「わかりました。今後の参考にしたいと思います」

腹をくくった愛美は、武藤氏とともにオーナー室をあとにした。

階段を下り、一階の厨房に入ったとたん、むわっとした熱気が体にまとわりつく。

フランスパンを焼成する際にベストな温度は、二四〇℃前後。本格的なピッツァを焼く場合は、三〇〇℃から五〇〇℃近くまで上げなければならない。厨房内にはクーラーがついているとはいえ、真夏に高温の石窯で調理をするのは大変そうだ。

厨房にはさきほどと同じく、紗良と秋葉、そして武藤氏の弟がいた。

調理台の上には、きれいな焼き色がついたバゲットと、格子《こうし》状の切りこみが入った丸型のブールが置いてある。本場フランスでつくられているバゲットは、七〇センチ弱の長さに切れ目《クープ》が七本、三五〇グラム程度の重さが一般的だが、焼き上がったのはそれよりも明らかに小ぶりだった。作業効率を考えてのことだろう。

「愛美ちゃん！」

ブールの焼き上がりを確認していた紗良が、愛美の姿を見て声をあげた。こちらに一歩足を踏み出したものの、それ以上近づいてこようとはせず、困ったように視線をさまよわせる。やはり決まりが悪いのだろう。

(見た目はそんなに変わってないかな。一年しか経ってないしそんなものか)

紗良は基本的にスカートを好むのだが、今日は動きやすさを重視したのか、ベージュのサブリナパンツを穿《は》いていた。胸元にピンタックがほどこされた、淡いグリーンのブラウスは、二年前にふたりで行ったショップのセールで買ったもの。愛美は仕事のストレスで痩《や》せてしまったけれど、紗良は少しふっくらしたような気がする。

栗《くり》色の髪は耳の下でふたつのお団子にまとめていて、髪飾りの類《たぐい》はつけていない。あの髪型は他ならぬ愛美が教えたものだ。出会ったばかりのころはひとつにまとめていたのだが、ふたつのほうが絶対に可愛いと思ってすすめたのだ。いまでもその結い方をしているということは、気に入っているのだろう。

「どうだった?」

武藤氏が調理台に近づくと、彼の弟が悔しそうな表情で言う。

「ここところ、表面が少し焦げている。賄いならともかく、お客に出せる見た目じゃないな。やっぱり石窯は火加減の調整がむずかしい」

「三年ぶりにしては上出来だよ。これ、もう食べられるのか?」

「そうだな。粗熱《あらねつ》もとれただろうし、そろそろいいか」

バゲットにナイフを入れた彼は、切り分けたそれを一切れずつ配った。お礼を言って受けとった愛美は、まだぬくもりが残っているバゲットを一口かじる。

(うーん……。なるほど。たしかにこれは)

パン・トラディショナルといえば、香ばしく嚙みごたえのあるクラストと、大小の不均一な気泡が入った中身《クラム》が最大の特徴だ。

愛美はうっかりすると口の中が切れそうなほどかたい、ガリガリとした食感のバゲットを好む。日本人はやわらかい食べ物が好きな傾向があるため、苦手な人も多いと思う。この業者のバゲットはそこに配慮したのか、全体的に軽い口当たりで食べやすい。これはこれで悪くないし、うまくすれば人気も出るはずなのだけれど。

「小麦の風味が弱すぎる。もっとこう、鼻を近づけた瞬間に香るくらいでないと」

「途中で香りが飛んだというよりは、はじめから弱かった感じだね。小麦の質があまりよくないのかも。気泡の入り具合もちょっと……」

(そう、その通り!)

秋葉と紗良の会話を聞いて、愛美は思わずうなずいた。

これでは武藤氏が嘆《なげ》くのも無理はない。その点、愛美の会社でつくっているバゲットは素材に妥協はしていないし、配合にもこだわっている。香りも食感も自信を持っておすすめできるから、きっと満足してもらえるはずだ。

ちらちらと調理台のほうを見ていたとき、ふいに紗良と目が合った。お互いにぎくりとしたが、紗良は意を決したような表情になり、パンナイフに手を伸ばした。ブールにナイフを入れると、ザクッと小気味よい音が聞こえてくる。

ブールを切り分けた紗良は、愛美のほうへと近づいてきた。顔をこわばらせる愛美とは対照的に、紗良は少し口角を上げ、手にしていた一切れのブールを差し出す。

「あの。これ、試食してみてくれる?」

「え」

「これは『薔薇酵母のブール』。ゆうべのうちに成形まで済ませて、冷凍しておいたものを持ってきたの。せっかくの機会だから、自分がつくったパンを焼いてみたくて」

紗良の手がわずかに震えている。拒絶されるかもしれないと思っているのか。それでも勇気を出して、彼女は自分に声をかけたのだ。

ブールを受けとった愛美は、八等分にスライスされたそれをじっと見つめた。

「薔薇酵母……」

そういえば、昨日に会った和久井竜生《わくいたつお》の奥さんも、そんな名前を口にしていた。

「いま勤めているところ……横浜にある猫番館っていうホテルなんだけど、宿泊以外のお客さまにもパンを販売していて。これは黒糖くるみあんパンに次ぐ人気商品なの」

黒糖くるみあんパンは、紗良が以前に働いていた和久井ベーカリーの看板商品だ。あの店はなくなってしまったが、師匠の志《こころざし》はつくり方《ルセット》とともに、愛弟子である彼女が受け継いだのだろう。

「薔薇酵母を使うってアイデアは、秋葉くんが出してくれたんだよ」

驚いて秋葉に目をやると、彼はフンと鼻を鳴らしてそっぽを向いた。不機嫌そうに見えるが、単に照れているだけだとわかる。紗良をあれだけライバル視していた秋葉が、彼女に力を貸すなんて。いったいふたりの間に何があったというのか。

そんなことを考えながら、愛美はブールを口元に近づけた。

（あ……）

鼻を通り抜けたのは、素朴《そぼく》な小麦の甘い香り。ほのかに感じるフルーティーな香りは、薔薇酵母だろうか。クラストはバゲットよりも薄いけれど、特有の嚙みごたえはしっかりと感じられる。クラムはやわらかくて食べやすく、淡白ではあるものの、嚙み締めれば小麦の旨味《うまみ》がにじみ出てくるような味わいだ。

どうやら紗良は、この一年でずいぶん腕を上げたらしい。

師匠の竜生が倒れたときは大きなショックを受けていたし、仕事を失ったときもひどく動揺していた。新しい職場に慣れるまでも、大変だったに違いない。紗良は昔から努力家だったし、必死に困難を乗り越え、そのたびに成長していったのだろう。師匠の導きがなくても、ひとりで立派にやっていけるパン職人《ブーランジェール》になったのだ。

それにくらべて自分は——

おのれの不甲斐なさに眉を寄せると、何か勘違いしたのか、紗良が不安そうに言う。

「もしかして口に合わなかった?」

「あ、いや、そうじゃなくて。これはすごく美味しいよ。単品でも料理に添えても合うだろうし、薔薇酵母の魅力もきちんと引き出されてる」

紗良の顔がぱっと輝いた。あいかわらずわかりやすい子だ。

感情が素直に表に出てしまうところは、単純だけれど可愛らしい。嘘がつけず、ついてもすぐにバラしてしまうような愚直さがあるのだが、そういったところに彼女の人柄がにじみ出ている。そんな性格に惹《ひ》かれたから、友人になったのだ。

けれどいまは、その素直さがまぶしすぎて、妬《ねた》ましさすら感じてしまう。

ブールを完食すると、「愛美ちゃん」と呼びかけられた。

「あのときは、いろいろ勝手なことを言ってごめんなさい」

「……」

「いまさらかもしれないけど、ずっとあやまりたかったから。わたしが口を出すようなことじゃないのに、お節介だったよね」

違う。紗良は何も悪くない。彼女がしたことはお節介などではなかった。

返事をしたいのに、喉の奥に言葉が引っかかって出てこない。戸惑っているうちに、紗良は「それだけ伝えたかったの」と言って、愛美のもとから離れてしまった。

結局その後も自分の気持ちを伝えることができず、愛美はもやもやとした思いをかかえたまま、店をあとにしたのだった。


「片平！」

大通りに向かって歩いていたとき、背後から声をかけられた。立ち止まった愛美がふり返ると、なぜか秋葉が駆け寄ってくる。

「忘れ物。厨房の流しの横に置いてあったぞ」

「あっ」

手渡されたのは、革製バンドの腕時計だった。流しで手を洗うとき、濡らしてはいけないと思ってはずしていたのだ。このためにわざわざ追いかけてきてくれたのか。

「ありがとう……」

腕時計をはめる間、秋葉はじっと愛美の手首を見つめていた。

「それ、高瀬と同じ時計だよな。あいつもたしか、同じものをつけていた」

「目ざといね。というか、なんでそんなことまで知ってるのよ」

「しばらく一緒に働いてたことがあるからな。猫番館で」

「えっ！　そうだったの？」

「まあ、一緒といっても二週間かそこらだったけどさ。厨房勤務は衛生上、アクセサリーの類は禁止なんだけど、休憩中に高瀬が同じ時計で時間を見てたことがあったんだよ。たしか今日もつけてきてたぞ」

秋葉の言う通り、愛美の腕時計は紗良とおそろいだ。四年前、お互いの初任給が出たときに、以前から目をつけていた電波時計をボーナス払いで購入したのだ。

『落ち着いたデザインだけど可愛いね。これなら営業の仕事中でも使えるよ』

『紗良はプライベート専用になっちゃうけど、いいの？』

『うん。愛美ちゃんとおそろいなのが嬉しい』

ふたりで選んだ腕時計は、ローマ数字の文字盤と、グレージュの牛革バンドが上品な雰囲気を醸《かも》し出していた。新社会人の身で五万円はなかなか勇気がいる値段だったが、営業職には必須のアイテムだし、自分で稼いだお金で買えることが誇らしかった。就職を機につくったクレジットカードを使うのも、大人になった証《あかし》のようで――

「あのさ。片平、高瀬に何か言いたいことがあったんじゃないか？」

「！」

こちらの心を見透かしたかのような言葉に、愛美は大きく目を見開いた。

図星をさされて困惑していると、秋葉は少しためらう様子を見せてから続ける。

「実は俺も、高瀬にまだ言えていないことがあって……」

「何それ。まさか愛の告白？」

「違う。茶化すな」

秋葉はむっとした表情で即答する。たしかに紗良は、彼の好みではなさそうだ。

「さっき話しただろ。前に高瀬と一緒に猫番館で働いたことがあるって」

彼は言いにくそうにしながらも、半年前に起こったことを教えてくれた。彼は愛美が欠席した同窓会で、紗良と再会したのだという。無職だった秋葉は、パン職人として順調な日々を送る紗良を妬み、あろうことか彼女が働くホテルに乗りこんだらしい。

「その……。高瀬と俺の実力を比較して、有能なほうを雇ってくれ、みたいな……」

「あんた、そんなこと言ったの!?　迷惑にもほどがあるでしょ！」

「俺だって、いまじゃ馬鹿なことしたなって思ってるよ」

ばつが悪いのか、秋葉は愛美から視線をそらす。

「あのころは新しい仕事がなかなか見つからなくて、いつもイライラしてたから……。それなのに高瀬は生まれたときから恵まれてたし、能天気でなんの悩みもなさそうなところがムカついてさ。まあ、完全な八つ当たりなんだけど」

その言葉を聞いた瞬間、愛美は秋葉を責めることができなくなった。

なぜなら、自分も紗良に対して、似たような気持ちを抱いたことがあったから。

「いろいろあったけど、最終的には天宮さん……猫番館のシェフから紹介してもらった店に就職したんだ。でも天宮さんを通して、高瀬から祝いの言葉が届いたときは驚いたな。薔薇酵母のブールが完成したときも、ご丁寧に試食品を送ってきたし」

「それが紗良という子よ。あり得ないくらいのお人好《よ》し」

秋葉は「まったくだ」と言って苦笑した。

いまの彼からは、紗良に対する敵意を感じない。一緒に仕事をしていた間に毒気を抜かれたのだろう。無意識にそんなことをやってのけるのが、紗良のすごいところだ。

「事情はわかったけど、秋葉は紗良に何を言いたいの？」

「たぶん、片平と同じだと思う。俺もまだ、高瀬に大事なことを伝えていないんだ」

「大事なことって、もしかして……」

「時間が経てば経つほど言いにくいんだよな、こういうことは。高瀬本人はもう気にしてないかもしれないけどさ。やっぱりきちんとケジメをつけておきたくて」

「ケジメ……」

「片平もそうなんじゃないか？　お互い、はやく言えるといいな」

店に戻っていく秋葉の姿を見送ってから、愛美はふたたび前を向いて歩き出した。

骨董《こっとう》通りを抜けて、表参道《おもてさんどう》駅から地下鉄《メトロ》に乗る。会社に戻って契約が成立したことを報告すると、久しぶりに上司から褒められた。「今後もこの調子で頼むよ」と期待され、同僚から羨望《せんぼう》の眼差《まなざ》しを向けられると、やはり嬉しくなってくる。

「課長。『リエール』のオーナー様より、できるだけ納品を急いでほしいとのご要望が」

「わかった。担当者に伝達しておく」

こうして堂々と顔を上げ、課長と話せたのは何カ月ぶりだろう。失敗が続いていたときは叱責《しっせき》されるのが怖くて、うつむいてばかりだった。必死に外回りをしても成果が得られず、会社に戻るたびに胃が痛くなっていたが、今日は違う。

もちろんこの幸福が、いつまでも続くとは思っていない。

だからこそ、今回の成功体験をしっかり胸に刻んでおきたかった。自信を失い、陰鬱《いんうつ》な表情をした覇気《はき》のない人間と、誰が契約したいと思うだろう？

自社の商品に誇りを持ち、よいところを明確に、自信満々にアピールするのが営業の仕事だ。また失敗したとしても、卑屈にならずに前を向かなければ。

「お疲れ様でした！」

退勤した愛美は、はずむような足どりで帰路についた。

契約をひとつとっただけで、こんなにも心が軽くなるなんて、我ながら単純だ。けれどそんな自分も悪くない。ここ数カ月はろくなことが起こらなかったから、いまはこの幸せにどっぷり浸りたかった。

愛美がいま住んでいるのは、板橋《いたばし》区内にあるワンルームのアパートだ。自室のドアを開けて中に入った愛美は、すぐさまストッキングを脱ぎ捨て洗濯カゴに放りこんだ。スーツも脱いでシャワーを浴びてから、ベッドの上にダイブする。

「は――――疲れた」

実にめまぐるしい一日だった。クタクタではあったが、いつものようにメンタルまで削られてはいない。全身を包んでいるのは気持ちのよい疲労感だ。

ごろりとあおむけになると、壁に貼りつけてある大相撲の番付表が目に入った。室内には、これまで集めたグッズも保管されている。しかしここ一年は、テレビ観戦だけで国技館には行けずじまいだ。

（ひとりで行ってもいいんだけど、なんかその気になれないんだよね……）

自分の趣味が、若い女性の中では少数派であることは自覚している。SNSで見つけた年上の仲間はいるけれど、身近で出会った同志は、いまのところ紗良だけだ。同年代の女の子たちが、アーティストの華やかなライブや、サッカーや野球の観戦に熱狂するかたわらで、愛美と紗良は独自の楽しみを追求していた。

（小腹がすいたな。何か食べよう）

ベッドから起き上がった愛美は、冷凍庫から雑穀《ざっこく》入りのベーグルをとり出した。専門学校時代のクラスメイトが勤めている店の通販で購入したものだ。十個入りを少しずつ食べていて、これが最後のひとつだった。昼間に「リエール」で石窯パンを食べたし、いまからつくるのも面倒なので、夕食はこれで済ませよう。

愛美は電子レンジでベーグルを解凍し、その間にインスタントコーヒーでカフェオレをつくった。用意ができるとラグマットの上に腰を下ろし、ベーグルにかじりつく。たっぷり混ぜこまれた雑穀の食感が楽しい。

（ベーグルといえば……。紗良とはじめて話したのって、あのときだったっけ）

まだクラスメイトの顔と名前が一致しないころ、愛美は実習で紗良と同じ班になった。

『高瀬紗良と申します。本日はよろしくお願いいたします』

礼儀正しく頭を下げた彼女は、クラスの中ではある意味で目立っていた。言葉遣いから何気ない所作に至るまで、愛美たちとは明らかに違っていたからだ。ひと目で良家のご令嬢だとわかったし、そんな子がなぜ、製パン科に入ったのか謎だった。

学校に馴染《なじ》んでからは、クラスメイトに影響されて、浮世離れした雰囲気は少しずつ薄まっていった。パンづくりは趣味の一環なのかと思ったが、意外にも優秀で、製パン技術はトップの秋葉に迫るほどだった。お嬢様の気まぐれではなく、本気でパン職人をめざしているのだと知ったとき、紗良を見る目が変わったと思う。

とはいえ、やはり彼女は生まれながらの箱入り娘。ルームシェアをはじめてから、愛美が最初にとりかかったのは、紗良に基本的な家事を仕込むことだった。掃除機にさわることすらはじめてだと言った彼女は、子どものようにはしゃぎながら、室内のゴミを吸いこんでいた。そんなところがとても可愛く、無邪気に頼ってくれるのも嬉しかった。

それなのに――

『ごめんね。わたし、あの人のことが信用できない』

『愛美ちゃんが幸せになれるなら応援するよ。でも、あの人だとそれができないの』

ため息をついた愛美は、食べかけのベーグルをお皿に置いた。

いまから思えば、紗良の言葉は正しかった。愛美の気分を害することを承知の上で、あえて苦言を呈したのは、本気で心配してくれたから。知らないふりをすることもできたのに、紗良はまっすぐ愛美と向かい合おうとした。愛美が傷つく前に、なんとか目を覚ましてほしかったのだろう。

自分はその厚意を無下にした。だから痛い目に遭《あ》った。それだけのこと。

「自業自得か」

愛美は自嘲《じちょう》の笑みを浮かべ、カフェオレのカップに口をつけた。砂糖を入れたはずなのに、なんとも言えない苦味を感じるのは、自分の心がそうさせているからか。

『片平、高瀬に何か言いたいことがあったんじゃないか?』

頭の中で、秋葉の声が再生される。紗良は愛美とケンカをしたことを悔いて、ごめんなさいと言っていた。ずっとそれを伝えたかったのだと。自分はその言葉に応《こた》えなければならなかったのに、気まずさが邪魔をして、まだ何も言えずにいる。

紗良と和解するチャンスがあった同窓会は、所用のために欠席した。今回の機会を逃せば、次はないかもしれない。

目を閉じた愛美は、大きく深呼吸をした。

何かを変えたいと思うなら、自分から動かなければ。紗良のように勇気を出すのだ。

ふたたびまぶたを開いたとき、愛美の目の奥には決意の光が宿っていた。


愛美と再会してから一週間ほどが経過した、四月半ばの日曜日。

公休日にもかかわらず、紗良は猫番館の厨房にいた。仕事をするときのようにコックコートに袖《そで》を通し、髪もきちんとまとめている。しかしパンをつくることはせず、落ち着きなく厨房内を歩き回っていると、見かねた隼介から厳しい声が飛んできた。

「おい、意味なくそのへんをうろちょろするな。うっとうしい」

「う……」

「いい歳《とし》をして、おとなしく待つこともできないのか？　小学生でもできることだぞ」

「うぐぐ……」

「わかったならここに座れ。呼び鈴が鳴るまで動くな」

「イエッサー！」

紗良は早乙女の真似《まね》をして、兵士よろしくびしっと敬礼する。

示されたスツールに腰を下ろすと、作業に集中できるようになったのか、隼介は夕食の仕込みをはじめた。朝番シフトの早乙女は、少し前に退勤している。いま厨房にいるのは紗良と隼介のふたりだが、じきに来客がたずねてくる予定だ。

「これから何をつくるんですか?」

「スモークサーモンとクリームチーズのテリーヌだ。香りづけには黒トリュフを少々」

「ああ、なんて魅力的な組み合わせ……」

日曜日は宿泊客が少なめなので、余裕をもって仕込みができる。隼介も質問に答えてくれた。これが忙しい金曜日だったら、無駄口を叩くなと雷が落ちていたところだろう。忙しく働くのも楽しいけれど、こんなまったりとした午後も悪くない。

そんなことを考えていると、待ちわびていた呼び鈴が鳴った。

立ち上がった紗良は厨房の隅にある勝手口に飛んでいき、いそいそとドアを開ける。

「いらっしゃいませ!　ようこそホテル猫番館へ」

「宿泊客じゃないけどな」

明るく出迎えた紗良に、秋葉が苦笑しながら突っ込みを入れた。彼の斜め後ろには、ボーダーのカットソーに紺《こん》色のワイドパンツを合わせた愛美が立っている。紗良と目が合うと、ぎこちないながらも微笑んでくれた。

「さ、どうぞ入って」

紗良が体をずらすと、秋葉は「お邪魔します」と言って中に足を踏み入れた。初訪問の愛美は遠慮がちに、秋葉のあとに続く。

「天宮さん、こんにちは。今日は許可していただいてありがとうございます」

「まあ、この時間はそんなに忙しくないからな。作業前の消毒は徹底するように」

「はい」

紗良に対してはぶっきらぼうな秋葉だが、隼介には恩があるためか、驚くほど素直な態度で指示にも従う。更衣室に案内して予備のコックコートを渡すと、秋葉と愛美はそれぞれ着替えてから厨房に戻った。隼介の言いつけ通りに手を洗い、消毒用のアルコールを丁寧に擦りこむ。

準備が終わると、紗良は彼らと並んで調理台の前に立った。

「えー、今回、記念すべき『第二回ベーグル実習』が実現したことを、わたしはとても嬉しく思っております。思い返せば六年前、専門学校に入学したばかりの我々は、まだ右も左もわからない雛鳥《ひなどり》で……」

「口上はいらん。さっさとやるぞ」

「秋葉くん、情緒がないよ！　せっかくだから昔の思い出に浸りたいのに」

「そんなことしてたら、あっという間に夜になるだろうが。天宮さんの邪魔をするな」

彼の言うことは正しい。いくら隼介が許してくれたとはいえ、特別に厨房を使わせてもらっているのだ。隼介の仕事に支障をきたさないよう、てきぱきと進めなければ。

「それではさっそくはじめましょう!」

材料や機材はすでにそろっている。紗良たちはそれぞれ作業にとりかかった。

ベーグルの起源については諸説あり、断言することはできない。現在、ベーグルで有名なのはアメリカのニューヨークだが、北米にそのパンを伝えたのは、ポーランドを筆頭にした東欧《とうおう》出身のユダヤ人だといわれている。

ベーグルは一八八〇年代あたりから、アメリカ国内で広まっていった。本格的な流行がはじまったのは、それから百年ほど後のこと。ユダヤ人が安息日の朝食に食べるものという認識だったベーグルは、いまではすっかり定番のパンになった。

きっかけは冷凍食品の流行だ。アメリカでは女性の社会進出が進み、便利な冷凍食品が重宝されるようになった。ベーグルは冷凍しても味が落ちず、大量生産が可能になったのだ。やがてほかのパンと並んでスーパーマーケットでも販売されるようになり、その知名度を上げていったそうだ。

(冷凍食品は、働く人たちの強い味方)

プレーンなベーグルをつくるのに必要なのは、小麦粉と水、砂糖と塩、そして酵母である。卵や油脂は使わないため、ヘルシーで低カロリー。ダイエットには最適なパンだと言えるだろう。パン・トラディショナルのようにシンプルではあるけれど、材料や調理過程にこだわることで、店によって異なる味わいを生み出している。

計量を終えた紗良は、材料をミキサーに入れてスイッチを押した。生地がこね上がってひとまとまりになったらとり出し、調理台の上で伸ばしていく。ベーグルは発酵が進みすぎるとふんわりした生地になり、独特のもちもち感が薄れてしまう。そのため作業はできるだけスピーディに行う必要があった。

「へえ……。高瀬、半年前より手際がよくなったな」

「秋葉くんはあいかわらず、スピード感があるのに丁寧なお仕事」

「ふたりともはやすぎでしょ。私は職人じゃないんだからね」

紗良の隣では、パンづくりは久々だという愛美が、懸命に麺棒《めんぼう》を動かしている。

愛美は紗良たちのように、プロの職人をめざしていたわけではなかった。パンという食べ物に魅力を感じ、もっと本格的に学んでみたいと思って、製パン科に入ったのだ。そして専門学校で知識を蓄え、パンにかかわる会社に就職を果たした。その実績は同じ道を志《こころざ》す後輩たちにとって、ひとつの指針になったことだろう。

棒状に伸ばした生地はリングのように成形し、焙炉《ホイロ》に入れて発酵させる。ベーグル専門店では、冷蔵庫で低温長時間発酵をさせ、翌日に焼成することもあるという。今回は時間がないため、三〇℃弱に設定したホイロで二十分ほど発酵させた。

「よし。次はケトリングだね」

ベーグル最大の特徴は、焼成する前に生地を茹《ゆ》でること。ケトリングと呼ばれる作業を行うことで、独特のぎゅっと目が詰まったクラムになるのだ。

発酵が終わり、生地がじゅうぶんふくらんだことを確認してから、紗良と愛美はコンロに近づいた。そこにはすでに秋葉がいて、大きな鍋でお湯を沸かしている。

「中に何か入れた？」

「実習のときと同じ、蜂蜜《はちみつ》だよ」

沸かしたお湯の中には、三温糖やきび砂糖、モルトエキスなどを溶かすこともあり、これはつくり手によって異なる。一分程度でひっくり返し、両面を茹でてから水気を切ってオーブンに入れた。あとは焼き上がりを待つだけだ。

「パンをつくるのって、こんなに大変だったっけ……」

愛美がぐったりした様子で、スツールに座りこんだ。ベーグルはさほど複雑な工程のパンではないのだが、彼女は久しぶりなので、疲労感が大きそうだ。

――学校で実習したときのように、また三人でベーグルをつくりたい。

愛美からそんなメッセージが届いたのは、数日前のこと。彼女が動いてくれたことが嬉しくて、紗良はすぐさま秋葉にも連絡をとった。誰かの家のキッチンよりは、猫番館の厨房のほうが圧倒的に広いし、機材もそろっている。紗良は隼介に使用許可をもらい、お互いの休みが重なった今日、再度のベーグルづくりが実現したのだ。

「初心をね、思い出したかったんだ」

オーブンのほうを見つめながら、愛美がぽつりと言った。

「パンが大好きだから専門学校に入って、関連の仕事にも就いたんだけど。仕事に追われているうちに、自分は本当にパンが好きなのか、よくわからなくなってきて……。だからはじめての実習を再現して、昔の気持ちを取り戻したかったの」

「昔の気持ち……」

「私のわがままなのに、協力してくれてありがとう。大変だけど、やっぱりパンづくりは楽しいね」

愛美はにっこり笑った。こちらに笑顔を向けてくれたことに、胸が熱くなる。

やがてベーグルが焼き上がると、網の上に移して熱を冷ました。完成したそれはドーナツのように穴があいている。きつね色のクラストは、つるりとしていてなめらかだ。

「わぁ！　六年前とはぜんぜん違うね。色も形もすごくきれい」

「職人がふたりもいるのに、学生時代と同じ出来ってわけにはいかないからな」

歓声をあげる愛美と、自慢げに胸を張る秋葉。こうしていると、専門学校時代がよみがえり、なつかしさがこみ上げてくる。あのころは、知識は乏しく技術も未熟だったが、クラスメイトたちはパンへの純粋な愛情を胸に頑張っていた。

(愛美ちゃんは、この気持ちを思い出したかったのかな)

「なかなかいい仕上がりだな。中の気泡も細かいし」

ベーグルを半分に切った秋葉が、クラムの状態を確認した。バゲットは大小の気泡が分散しているものほどよいといわれているが、ベーグルはみっちりと詰まっており、弾力のある歯ごたえを楽しめる。

「それじゃ、さっそく試食といくか。ひと仕事したら腹が減った」

「プレーン味だし、そのまま食べるよりはアレンジしたほうがいいよね。私、家にあったブルーベリージャムを持ってきたんだけど」

「ほかにも何かないかな。残り物で使える食材があれば……」

三人で考えていると、テリーヌ型に具材を敷き詰め終えた隼介が、ゆっくりと顔を上げた。「そういうことなら」と話に加わる。

「冷蔵庫にスモークサーモンとクリームチーズが残っている。黒トリュフは高価だから許可できないが、サニーレタスは使ってかまわん」

「なんという贅沢《ぜいたく》……！　いいんですか？」

「ああ。それだけあればじゅうぶんだろう。俺のぶんもひとつ用意しておいてくれ」

「もちろんです！」

話がまとまると、秋葉がパンナイフを手にとった。彼がベーグルを水平にスライスしている間に、紗良は冷蔵庫から食材をとり出す。一番下にはサニーレタスを敷き、ブラックペッパーを混ぜたクリームチーズと、スモークサーモンを載せていった。

隣で作業をしていた愛美も、ブルーベリージャムをたっぷり塗ったサンドイッチを完成させた。準備が終わると休憩室に移動して、できたてのベーグルサンドを頰張る。

「これこれ！　このもっちりした食感こそベーグルの神髄《しんずい》なのよ。すっごく美味しい！」

「クリームチーズとスモークサーモン……。定番でありながら飽きることもない、まさに鉄板の組み合わせだな」

「やっぱり自分たちでつくったパンの味は格別だねえ……」

お腹が満たされていくく幸せに浸っていると、ふいに愛美がこちらを見た。ベーグルをお皿の上に置いた彼女は、居ずまいを正して口を開く。

「あのね、紗良。私……例の彼氏と別れたよ」

「えっ」

　紗良は思わず息を飲んだ。

　あの男性との恋愛は応援することができなかったし、愛美にはもっと素敵な人がいるはずだとも思っていた。けれどいざ、彼女の口から別れたと聞くと、なんとも複雑な気分になってくる。彼女はやはり、傷つけられてしまったのかと。

「別れたのは一緒に暮らしはじめて、半年くらい経ったころだったかな」

「じゃあいまは……」

「もちろん同棲は解消したよ。いまはそのマンションを出て、狭いワンルームでひとり暮らし。でもまあ、意外と快適よ。家賃は安くて日当たりもいいしね」

　愛美の表情は満足そうだ。その言葉に偽《いつわ》りはないのだろう。

「彼の女癖の悪さについては、薄々感づいてはいたんだけどね。一緒に生活すると、それまでわからなかったことが明らかになるから。いいところも、悪いところも」

「……」

「とはいえ、紗良と仲違《たが》いしてまでついて行った人でしょ。自分の見る目のなさを認めたくなくて、しばらくは気づかないふりをしてたんだけど……」

しかしある日、愛美は決定的な瞬間を目撃してしまったのだという。

「残業が終わってやっと帰れたと思ったら、あの人、あろうことかマンションの部屋に女を連れこんでたのよ。それで修羅場《しゅらば》に」

「ええー……」

「最低だな」

紗良だけではなく、秋葉も眉をひそめる。いつの間にか彼まで話に聞き入っていた。

「そこでやっと、目が覚めたってわけ。私は何人もいる彼女のひとりに過ぎなくて、あれこれ世話を焼いてくれる都合のいい女だったんだってわかったからね」

苦笑いをした愛美は、さびしげに言った。

「本当、馬鹿だったよね。紗良の忠告をちゃんと聞き入れていれば、痛い目に遭わずに済んだのに。まあ、自業自得なんだけど」

「愛美ちゃん……」

「あのころは仕事がうまくいかなくて、自信もなくしてたから……。ちょっと甘やかしてくれた人に、コロッとだまされちゃった。紗良も和久井ベーカリーが閉店して大変だったはずなのに……。私、自分のことしか考えてなかった」

言葉を切った愛美は、紗良に向けて頭を下げた。

「ずっとあやまりたかったの。私の勝手な都合のせいで、ルームシェアを解消することになってごめんなさい」

「───そうだ。俺も高瀬にあやまらないといけないことが」

愛美に触発されたのか、今度は秋葉が紗良と向き合う。

「その……。半年前、募集もしてないのに猫番館に押しかけただろ。パン職人は高瀬がいるのに、生意気なことばかり言ったし……。あのときは迷惑をかけて悪かった」

(秋葉くんまで!?)

まさかふたりから同時に謝罪されるとは思いもしなかったので、紗良は驚いて目を丸くした。ぽかんとしたのは一瞬で、我に返るとあわてて愛美たちに声をかける。

「ふたりとも、顔を上げて。気持ちはよくわかったから」

彼女たちとふたたび目が合うと、紗良は表情をほころばせて続けた。

「わたしは気にしていないから大丈夫。でも、言葉にしてくれてありがとう。誰かにあやまるのってすごく勇気がいることだと思うから、その気持ちが嬉しい」

「紗良」

「これからも、三人で一緒にパンを焼く機会をつくろうね」

愛美と秋葉は、微笑みながらうなずいた。

お互いの間を隔《へだ》てていた心の垣根が低くなり、それぞれの顔がはっきり見える。これまで感じていたわだかまりが、ようやく解けはじめた瞬間だった。

――ああ、よかった。彼女たちとは長いおつき合いをすることができそうだ。

「ね、愛美ちゃん。また一緒に国技館に行こうよ」

「そうだね。よかったら秋葉もどう？　案外ハマるかもしれないよ」

「いや、俺は相撲には興味ないし……」

学校を卒業し、違う職場に勤めていても、愛美と秋葉は同じ道を歩く同志だ。好敵手《ライバル》として切磋琢磨《せっさたくま》しながらも、必要なときは友として助け合う。彼女たちとはこれからも、そのような関係を保っていきたい。

（わたしも愛美ちゃんたちに、そう思ってもらえるように頑張ろう）

口角を上げた紗良は、心の中で決意を新たにしたのだった。

Tea Time

一杯目

どなたさまもごきげんよう。お元気でしたか？

さすがにもう、このわたしのことを知らない方はいないでしょう。ホテル猫番館《ねこばんかん》の顔ともいわれる、高貴で優雅な白猫のマダム。それがわたしでございます。

ホテルの看板猫として働くわたしの一日は、早朝、ふかふかのベッドの上で目覚めることからはじまります。わたしの寝床は、従業員寮の一階にある要《かなめ》の部屋。中は七畳ほどの洋室で、トイレとシャワールーム、そして小型の洗面台が設置されています。キッチンや洗濯室は個室の外にありますが、それでも広いとはいえません。

要の部屋の大部分を占拠しているのは、セミダブルの高級ベッドです。眠るという行為に重きを置いている下僕は、わたしの寝床にもこだわりました。入念な下調べの末に買い求めたのは、ソファタイプの猫用ベッド。寝心地は申し分なく、体の大きなメインクーンでも、ゆったりくつろげるところが気に入っています。

さて。この日、薄暗い部屋の中で目覚めたわたしは、寝床を抜け出し要のベッドに上がりました。時刻は五時を過ぎたところで、要はまだぐっすり眠っています。

いつもであれば、自然に起きるまでそっとしておいてあげるのですが、今日は事情があるのです。爪を立てないように気をつけながら、前脚《まえあし》で頬《ほお》をついてみると、要は小さなうなり声をあげました。わずかに目を開けこちらを見ます。

「おはよう、マダム。起こしてくれるなんてめずらしいな……」

まだ寝ぼけているのか、ぼんやりした表情で言いながら、要はわたしを布団の中へと引きずりこみました。抱き枕よろしく、がっちりホールドされてしまいます。一瞬、二度寝の誘惑に駆られましたが、ここで屈服するわけにはいきません。要の腕の中から抜け出したわたしは、毅然《きぜん》とした態度で朝食を要求しました。

『今日は忙しいのよ。食事のあとはお風呂に入ってシャンプーをしないと』

「……なんとなく言いたいことがわかるんだけど、まだ時間はあるよ？」

『何を悠長なことを！　女性の身支度には時間がかかるの。今日は気合いを入れて、全身を磨き上げなければ』

「はいはい。なんなりとお申しつけくださいませ」

苦笑した要は、ようやく体を起こしました。リビングに行って食事の準備をします。

栄養バランスのとれたフードと水で空腹を満たすと、次はシャンプー前のブラッシングです。爪切りは前日に終わっていたので、ブラシでもつれた毛をときほぐし、耳掃除も行います。準備が終わると、わたしは要を引き連れて、リビングをあとにしました。

一階の奥には、浴槽を備えたバスルームがあります。住人は個室でシャワーを浴びるため、この場所を使っているのは、わたしと寮長の誠《まこと》さんだけ。誠さんは湯船につかるそうですが、わたしは猫用のバスタブで入浴します。

「それじゃ、お湯をかけていくからね」

バスタブの中に入ると、要はわたしの体にぬるま湯をかけ、丁寧に毛皮を濡らしていきました。猫は水が苦手だと聞きますが、わたしは顔にかからなければ大丈夫。入浴後はこの身がさらに美しくなることを知っているので、暴れるようなことはしません。

全身をしっとりとさせてから、要はトリートメント入りの専用シャンプーで、わたしの体を洗いはじめました。優しく地肌を揉みほぐすような手つきは、プロのトリマーに引けをとりません。ああ、なんて気持ちがいいのでしょう……。

顔以外を洗い終え、シャワーですすげば完了です。タオルで水気を拭き取り、リビングに戻ると、今度はドライヤーが待っていました。要の膝《ひざ》に身をあずけると、上のほうから心地のよい風が吹き、湿った体が乾いていきます。

仕上げにブラシで毛並みをととのえ、要は満足そうにうなずきました。

「よし、完成！　やっぱりマダムは可愛《かわい》いね。世界一きれいな猫だよ」

要の惜しみない賞賛が、わたしの心を躍《おど》らせます。

リビングの姿見に映し出された白猫の、なんと美しいこと！　純白の毛並みはいつも以上にふわふわで、新雪のように輝いて見えました。シャンプーのほのかな香りが鼻腔《びこう》をくすぐり、気分が高揚してきます。

「今日の取材は写真撮影もあるからね。マダムが気合いを入れるのもわかるよ」

『わたしはホテルの顔だもの。看板猫たる者、気の抜けた姿で写るわけにはいかないわ』

猫番館をおとずれるのは、宿泊客だけではありません。ホテルの魅力を伝えてくれる取材者も、時折りやって来ます。人間のようにファッションやお化粧の力で美しくなることはできませんが、わたしは自分なりに、最高の美を追求しているのです。

『外を歩いたら、せっかく洗った足が汚れてしまうわ。今日はホテルまでわたしを抱いていってちょうだい』

「かしこまりました、女王様」

言葉は通じなくても、要はこちらの意図を正確に汲《く》み取ります。まさに下僕の鑑《かがみ》です。

数時間後の取材が楽しみで、わたしは機嫌よく尻尾を揺らしました。

二泊目

40年目の小倉トースト

——あれはもう、四十年も前のこと。

中学生になったばかりの自分は、生まれてはじめて校則違反をした。

「なあ本城《ほんじょう》、これから空いてる?」

授業が終わって帰り支度をしていたとき、頭の上から少しかすれた声が降ってきた。驚いた宗一郎《そういちろう》が顔を上げると、自分と同じ学ランを着た少年と目が合う。

「暇だったら、ちょっとつき合ってほしいところがあってさ」

「許可のない寄り道は禁止だよ、高瀬《たかせ》くん」

「かたいこと言うなって。バスケ部の先輩に聞いたけど、みんなこっそりやってるみたいだぞ。要はバレなきゃいいんだよ」

声を落とした彼——高瀬誠《まこと》は、にやりと笑ってそう言った。

誠の声がかすれているのは、変声期に入ったからだ。自分にはまだその気配がなく、女の子と区別がつかない声だから、先を越されたことが悔しい。それでなくても誠はクラスで一番背が高く、顔つきも大人びているのだから。

(中一には見えないよな。服装と髪型にもよるけど、高一くらいなら詐称《さしょう》できるかも)

誠の髪はやわらかそうな猫っ毛で、生まれつきの栗《くり》色だ。染めているわけではないけれど、ほかの生徒が黒髪なので目立っている。虹彩《こうさい》の色素も薄めで、怖い先輩から目をつけられそうな容姿だが、誠は持ち前の愛想のよさでうまくかわしていた。

それ以前に、誠に因縁《いんねん》をつけるような人間が、この学校にいるとは思えない。

ここは初等部から大学までがエスカレーター式の私立で、高等部までは男子校だ。宗一郎と誠は、受験を経《へ》て初等部から通っている。保護者は社会的な地位が高く、裕福な層が多いのだが、その中でも地主の家系で、代議士の父を持つ誠は別格だった。あからさまに媚《こ》びを売ってくる生徒もいるようだけれど、誠はそれも適当にかわしている。

机に片手をついた誠は、腰をかがめて宗一郎の顔をのぞきこんだ。

「それで、どうなんだよ？　時間はあるのか？」

「今日は塾もないし、空いてはいるけど……」

答えながら、宗一郎はさりげなく周囲の様子をうかがった。

近くのクラスメイトはカバンに教科書を入れたり、部活や委員会に向かう準備をしたりと忙しい。こちらを気にしている者は誰もいなかったので、ほっとした。品行方正な優等生で通しているのに、寄り道の話をしていることに気づかれたら、せっかく築き上げたイメージが崩れてしまうのだから。

「歩きながら話そう。それなら誰にも聞かれない」

荷物をまとめた宗一郎は、誠と一緒に教室を出た。並んで昇降口に向かう。

向こう側から歩いてきた生活指導の教師が、怪訝《けげん》な表情でこちらを見た。ひたすら地味で真面目な雰囲気の宗一郎と、何かと目立つ誠がつるんでいるのが不思議なのだろう。

クラスメイトからも、なぜあのふたりがと言いたげな目で見られている。初等部では話したことすらなかったはずなのに、なぜなのかと。

「先生、さようなら」

「さよーならー」

宗一郎と誠が無邪気に笑いかけると、教師は「あ、ああ」と言ってそそくさと去っていく。不躾《ぶしつけ》な視線を送っていたことに気づいたのだろう。

たしかに自分たちは初等部時代、接点がなかった。誠とはじめて会話をしたのは、いまから四カ月ほど前のこと。高瀬家主催のクリスマスパーティーに、父ともども招かれたときだった。山手《やまて》にある西洋館で開かれたそのパーティーをきっかけに、誠とはよく話すようになった。中等部で同じクラスになってからは、さらに親交を深めている。

「ところで高瀬くん、部活はいいの？」

「体育館が使えないから、今日は休み。本城は帰宅部だっけ？」

「まあね。塾があるし」

宗一郎の父は、横浜《よこはま》で三代続く貿易会社を経営している。

跡取りの宗一郎にとって、父の命令は絶対だ。部活よりも勉強に力を入れろと言われたため、平日は週四で塾に通い、土曜日には家庭教師を呼んでいる。大学付属とはいえ、この学校で上位の成績を維持するためには、それくらいの学習時間が必要なのだ。

今日は平日の中では唯一、塾がない。頭を休めることも大事なので、こういった日は好きな音楽を聴いたり、小説を読んだりして過ごしている。一方の誠はバスケ部に入り、勉強よりも部活に熱中しているようだ。

「それはそうと、どこにつき合ってほしいって？　ボウリングには行かないよ」

春休み中、宗一郎は誠に誘われ、ボウリング場に足を運んだ。

自分たちが生まれた昭和四十年代、かのスポーツは一大ブームを巻き起こしていたそうだ。大流行は去ったが、なかなかおもしろいと思う。とはいえ休みの日ならともかく、学校帰りにボウリングは非常にまずい。下手《へた》をしたら停学もあり得る。

警戒する宗一郎に、誠は「今日は違う」と答えた。ほかの日には行っているのか……。

「本屋に行きたいんだよ。参考書を買いに」

「……」

「なんだよその顔。俺が参考書を買ったら悪いか？」

「悪くないけど、意外すぎて。漫画しか読まないのかと思ってたから」

「失敬な。俺だって、たまには勉強について真面目に考えることもあるんだよ」

思わず本音を漏らしてしまうと、軽く小突かれた。もちろん本気ではない。

「親や教師にあれこれ言われないためには、ある程度の勉強は必要だろ。最低でもいまの成績を維持しておかないと、また親父《おやじ》に嫌味を言われるしさ。兄貴はどうのこうのって」

誠には、同じ学校の高等部に通う兄がいる。話したことはないけれど、姿を見かけたことは何度かあった。顔も性格も弟とは似ておらず、おだやかで優しそうな人だ。

誠の成績は真ん中よりもやや上で、決して悪くはない。しかし、彼の両親は不満なのだろう。あの優秀な長男と比較されたら、誠はもちろん、宗一郎すらかすんでしまう。二年前まで同じ中等部に通っていた人なので、成績の差は明確だった。

高瀬家では長男ばかりがもてはやされて、次男は問題児扱いされている。当の兄は弟を見下すようなことはせず、むしろ可愛《かわい》がっているそうだが、ほかの家族は違うらしい。

誠は端《はな》から兄に勝てるとは思っていないため、対抗意識は抱いていない。それでも絶対にかなわないような人と常に比較され、劣等感を植えつけられたら、子どもの心は蝕《むしば》まれていく。そのせいか、誠は兄以外の家族を明らかに嫌っていた。

「でも参考書って、たくさんあるだろ。どれがいいのかよくわからなくてさ。本城なら詳しいんじゃないかと思って」

「なるほどね……」

平静を装っていたが、内心では頼られることが嬉《うれ》しかった。

そうこうしているうちに昇降口に着くと、下駄箱から革靴をとり出しながら答える。

「わかった、いいよ。つき合う」

「ほんとか⁉」

誠が声をはずませた。感情を素直に表に出すところは、彼の美点であり欠点でもある。

「僕もほしい本があったし、ついでだよ。でも、駅前の本屋は見つかりやすいからやめておこう。少し離れた店のほうがいい」

「じゃあ伊勢佐木町《いせざきちょう》に行こうぜ。あそこなら大きいし、種類も多いだろ」

「そうだね。ええと……地下鉄で伊勢佐木長者町《ちょうじゃまち》まで行けばいいのかな?」

「いや、地下鉄なら関内《かんない》で降りたほうが近いと思う」

伊勢佐木町商店街には、横浜で創業した大手書店チェーンの本店がある。この時代、横浜の象徴ともいえるランドマークタワーや大観覧車はまだ存在していなかったが、イセザキ・モールは繁華街としてにぎわっていた。

話がまとまると、宗一郎と誠は校門を出て駅に向かった。

電車に乗る前、駅の公衆電話で家に連絡する。学校の図書館で勉強するから遅くなると伝えると、母はあっさり信じてくれた。最近は母の機嫌が悪いから、あまりはやく帰りたくないのだ。ちょうどいい口実があってよかった。

『宗一郎さん。しっかり勉強して、中間試験でいい点数をとれるように頑張るのよ』

「はい」

受話器をフックに戻した宗一郎は、大きなため息をついた。昨年、父の新たな隠し子が発覚してから、母は目に見えてピリピリしている。

ふたりは妹だったが、三人目は初の弟だ。母親は三人とも異なり、全員が認知されている。本妻のプライドなのか、父の前では鷹揚《おうよう》に構えている母だが、男の子となると心中おだやかではいられないらしい。

父がどれだけ好き勝手にふるまっても、世間体を気にする母が離婚を切り出すことはないだろう。父は論外だし、息子を優秀な跡取りに育て上げ、会社を継がせることしか考えていない母も、宗一郎は好きにはなれなかった。そんな両親に対して愛情が持てないところは、誠と似ている。だから仲間意識を感じたのかもしれない。

「おい、誠、もう電車が来るぞ。急げ！」

我に返った宗一郎は、あわてて誠のあとを追った。

やがて目的の書店にたどり着くと、宗一郎は真剣な面持《おもも》ちで本棚を物色した。何冊かの参考書や問題集を引き抜いて、誠にすすめる。それから文庫本のコーナーに向かい、発売されたばかりの新刊を購入した。文庫はカバーの色を選べるので、ダークブルーにしてくださいと伝える。このシリーズは同じ色でそろえているのだ。

買い物を終えて外に出ると、誠が腕時計に目を落とした。

「意外とはやく終わったな。もうちょっとブラブラしていかないか?」

「え……」

制服姿で繁華街を歩き回るのはどうかと思ったが、まだ家に帰りたくない気持ちがあるのも事実だった。少し迷ったものの、誘惑に負けて承諾《しょうだく》する。今日はあたたかいし、学ランの上着を脱いでしまえば、知り合いに鉢《はち》合わせない限りは大丈夫だろう。

文庫本をカバンに入れ、上着を小脇にかかえた宗一郎は、誠と並んで伊勢佐木町通りを歩きはじめた。普段はまっすぐ帰っているから、制服のまま寄り道をするのは新鮮に感じる。どうしてもびくびくしてしまうのだが、誠は慣れているのか堂々としていた。

「そんなにビビることないって。逆にあやしまれるだろうが」

「高瀬くんが図太すぎるんだよ」

背筋をピンと伸ばして歩く誠に対して、宗一郎は背中を丸め、体を縮こまらせている。我ながらなんとも間抜けで、情けないことこの上ない。

「ちょっと裏に行ってみるか。人通りが少ないほうが気にならないだろ」

そう言った誠は、角を曲がって路地裏に入った。

しばらく歩いていた彼は、ふいに足を止める。視線の先にあったのは、三階建ての古い雑居ビルだった。一階には喫茶店があり、それが誠の興味を引いているようだ。

外観は重厚なレンガ造り。木製のドアの上半分には、幾何学《きかがく》模様のステンドグラスがはめこまれていて、昔ながらの純喫茶といった雰囲気を醸《かも》し出している。ドアの上には赤い日除けテントが取りつけられ、店先には「挽《ひ》きたて珈琲《コーヒー》と軽食の店」と記された、電飾の立て看板が置いてあった。

誠は引き寄せられるようにして、店に近づいていく。

「美味《うま》そうだなぁ。見てみろよ」

彼の隣に立った宗一郎は、メニューのサンプルが飾られているガラスケースをのぞきこんだ。赤いチェリーとバニラアイス、そして緑色のシロップがあざやかなクリームソーダに、二段重ねのふっくらとしたホットケーキ。具だくさんのナポリタンやサンドイッチも美味《おい》しそうだ。どれもつくりものだったけれど、食欲をそそられる。

「なあ本城、この『当店おすすめ』ってやつ、食べたことあるか?」

「いや、ないけど……」

「ちょっと頼んでみようぜ。腹も減ってきたし。まだ金は残ってるって言ってただろ」

「ええ? だめだよ。子どもだけで喫茶店なんて!」

宗一郎は驚いてのけぞった。書店ならまだしも、この店はどう考えても許容範囲外である。まだ中学生の分際で、このような大人の店に入るわけにはいかない。万が一にも学校側に知られたら、どんな罰を食らうことか。

誠のように大胆なことをする気にはなれず、尻込みしていたときだった。

珈琲の香りとともに、店内からただよってきた香ばしい匂いが、宗一郎の空腹をこれでもかと刺激する。パンでも焼いているのだろうか? 思わず誠の顔を見ると、彼はこちらの胸中を察したかのように、不敵な笑みを浮かべて言った。

「決まりだな。行くぞ」

そして誠はドアのハンドルに手をかけ、ためらうことなく押し開けた——

叔父の誠がドアを開けると、上部についていた鈴がカランと鳴った。

叔父と要《かなめ》のあとについて、紗良《さら》は胸を躍《おど》らせながら、店内に足を踏み入れる。

イセザキ・モールの路地裏にあるそのお店は、古き良き昭和の面影を色濃く残した、ノスタルジックな純喫茶だった。

「わぁ……」

この地に店を構えて、堂々の五十年。三十年ほど前、ビルの老朽《ろうきゅう》化により改築されたそうだが、内装は創業当時から変わっていないという。格子《こうし》が入った窓に、深みのある飴《あめ》色の調度品。上品なセピア色に囲まれた店内で、出入り口のドアと、天井の一部に貼られた幾何学模様のステンドグラスが彩りを添えている。

焦《こ》げ茶色を基調にした内装と、クラシックな音楽がよく似合う雰囲気は、猫番館《ねこばんかん》の中にある喫茶室に通じるものがあった。座席は喫茶室よりも少し多く、三十席くらい。常連客と思《おぼ》しきお客が数人、静かに珈琲を楽しんでいる。

「おや、誰かと思えば誠くん。また来てくれたのか」

カウンターの内側で椅子《いす》に座っていたマスターが、叔父の姿を見て腰を上げた。八十歳を過ぎているというから、立ったまま仕事をするのはつらいのだろう。少し腰は曲がっていたが、表情は明るく、まだまだ元気そうに見える。

マスターは続けて要に目をやり、隣に立つ紗良にも視線を向けた。

「宗一郎くんの息子さんは、二回目のご来店ですね。そちらのお嬢さんはどなたかな？」

「前に話した姪《めい》ですよ。俺によく似て美人でしょう」

「おお、ついに連れて来てくれたのか。聞いていた以上に可愛らしい姪御さんだ」

嬉しそうに言ったマスターは、「いらっしゃいませ」と紗良に微笑《ほほえ》みかける。

「名前はたしか、紗良さんだったかな。古い店だけど、ゆっくりしていってくださいね」

「ありがとうございます」

カウンター席が空いていたので、紗良たちはそれぞれ椅子を引いた。叔父の右隣に紗良が腰かけ、その隣に要が座る。メニューを開いた紗良は、わくわくしながらたずねた。

「叔父さま、このお店のおすすめは？」

「飲み物だったら、オリジナルブレンドかカフェオレ。軽食なら小倉《おぐら》トースト一択だな」

「そういえば、外のガラスケースの中にサンプルがありましたね」

「小倉トーストは四十年前、俺と宗一郎がはじめてこの店に来たときには、すでに看板メニューになってたんだよ」

叔父がなつかしそうに目を細める。

「あのころはまだ、中学に上がったばかりの子どもでさ。それなのに大人ぶって、喫茶店にも気負わず入ってやるとか思ってたな。思春期にありがちな背伸びだよ」

「ふふ。叔父さまにもそんな時代があったのね」

「父さん、最初はだめだって言ったんでしょう？　校則違反だからって。まあ、結局はふたりで仲良く入ったみたいだけど」

「宗一郎は昔から真面目だったからなぁ。文句は言ってたけど、よくつき合ってくれたもんだよ。ほかにもボウリング場とかゲーセンとか、学生時代はあちこち連れ回したな。横浜博覧会にも引っぱっていった記憶がある」

「立派な悪友ですね。本城の祖父から嫌われるわけだ」

「知ったことか。人生、息抜きも必要だろ。若いうちに遊び回るのもまた一興」

叔父と要の話を聞きながら、紗良は口元をほころばせた。中学生だった叔父たちは、どのような気持ちでこのお店のドアを開けたのだろう。大人の階段をのぼった気分で、誇らしかったかもしれない。そのときの表情を想像するだけで微笑ましくなる。

メニューから顔を上げた紗良は、マスターに向けて声をかけた。

「すみません、小倉トーストをひとつお願いします。飲み物はカフェオレで」

「俺はいつものスペシャルブレンドを。要はどうする？」

「そうですね ー……。小倉トーストは前に頼んだし、クリームソーダにしようかな」

「ほほう。可愛いところもあるじゃないか。いつもはあれだけど」

「外のサンプルを見ていたら、飲みたくなったんですよ。あの色合いは反則です」

マスターが準備をはじめると、紗良はふたたび店内を見回した。

最近のカフェのように華やかではないけれど、落ち着いた雰囲気が心地よい。こんな場所で珈琲を飲みながら、ゆったり過ごす時間は素敵だろうと思うのに、残念ながら来週には閉店してしまうのだという。

「この店は、妻と一緒に営んでいたんですよ。三年前に妻が亡くなってからは、私ひとりでやっていたのですが、さすがに体がきつくなってきまして」

話をしながら、マスターは手動のミルで豆を挽きはじめた。独特の音とともに、珈琲の芳醇《ほうじゅん》な香りが広がっていく。

「アルバイトを雇えるほど儲《もう》かってはいませんが、貯金と年金のおかげで生活できていますからね。持ち家がいい値で売れたので、店を閉めたらホームに入る予定なんです。老い先短い身ですし、資金もなんとか足りるだろうと」

挽き終えた豆は、ドリッパーとペーパーフィルター、そしてケトルのお湯を使って抽出する。ひとつのカップにはそのままそそぎ、もうひとつのカップにはあたためた牛乳を混ぜ合わせた。受け皿とスプーンを添え、カウンターの上に置かれる。

「お待たせいたしました。スペシャルブレンドとカフェオレです」

紗良は湯気立つカップを手にとり、おもむろに口をつけた。珈琲の苦味とクリーミーなミルクが溶け合った、まろやかな味わいが口内に広がる。

(美味しい……。珈琲の風味もしっかり残っていて)

「ところで、叔父さまのスペシャルブレンドって何？　オリジナルとは違うの？」

「これは秘密の裏メニュー。それぞれの好みに合わせた豆のブレンドで、珈琲を淹《い》れてもらえるんだよ。限られた常連しか頼めないけどな」

叔父は心なしか、自慢げに答えた。四十年も通い続けていれば、常連の中でもベテランだろう。いま店内にいるお客の年齢層も高く、いずれも長年の常連だと思われる。

カフェオレを飲みながらまったりしていると、パンを焼く香りが鼻先をくすぐった。

しばらくして、小倉トーストが完成した。こんがりと焼き上げられた分厚い食パンの表面には、たっぷりの小倉あんが盛りつけられている。食べやすいよう半分にカットされており、あんこの上でほどよく溶けたバターが食欲をそそった。

「私は名古屋《なごや》の出身でしてね。こちらに移り住んで店を開くとき、せっかくだから名古屋らしいメニューをとり入れたいと思ったんですよ。いまはやっていませんが、昔はモーニングサービスもありまして。会社員や観光客の方々に好評でしたよ」

「なるほど。名古屋は喫茶店文化で有名ですものね」

「そういえば、紗良さんはパン職人をなさっているとか……。うちは近所のベーカリーで仕入れた食パンを使っているので、美味しいですよ。どうぞご賞味ください」

「はい、いただきます」

紗良は半分に切られたトーストの片方に手を伸ばした。

顔に近づけたときに感じたのは、小豆《あずき》の甘く優しい香り。大粒の小豆が入ったあんことバターをこぼさないよう気をつけながら、一口かじる。食パンの耳は歯切れがよく、中のクラムはしっとりしていてやわらかい。丁寧に練り上げられた小倉あんは、小豆の風味が際立っており、くどすぎない甘さが上品な味わいだ。

そんな小倉あんと、濃厚なバターの旨味《うまみ》が舌の上でとろける。なんと美味なことか。

夢中になって食べていると、気がついたときにはお皿が空になっていた。ハンカチで口元を押さえた紗良は、ほうっと感嘆のため息をつく。

「これは……最高ですね。やみつきになりそう」

「俺もはじめて食べたときは感動したなぁ。宗一郎なんて、しばらくはここに来るたびそればかり頼んでたし」

「その気持ち、すごくよくわかります。あんパンで証明されてはいましたけど、やっぱりパンとあんこの相性はいいんですよ。バターまで加わったら最強です！」

「気に入ってもらえたようで何よりです」

興奮する紗良を見て、マスターが嬉しそうに微笑む。

「宗一郎くんといえば……。もう一年くらい会ってないけど、元気にしているのかな?」

「あいかわらず、あちこち飛び回ってるみたいですよ。年の半分は日本にいないし、休暇もろくにとらなくて。ちょっとは休めと言っても聞きやしません。企業戦士じゃあるまいし、いまどき仕事中毒なんて流行《はや》らないのに」

「誠さん、企業戦士は死語でしょう。それに父さんは会社員《サラリーマン》じゃなくて経営者」

「揚げ足とるなよ。可愛げのない奴だなー」

拗《す》ねたように言う叔父にかまわず、要は涼しい顔でスマホをとり出した。目の前に置かれたクリームソーダの写真を撮りはじめる。

SNSなどに投稿するわけではないのだが、きれいなものや美味しそうなものなど、気になる被写体を見つけたときは、写真におさめたくなるそうだ。本格的に撮影したいときは、愛用している各種のカメラとともに、どこへでも出かけていくとか。猫番館で働きはじめてからは連休をとりにくく、遠方には行けないようだけれど。

「うん、やっぱりクリームソーダは絵になるな。昭和レトロって感じで」

「日本じゃ明治時代からあったみたいだぞ」

「誠さんくらいの年齢のおじさんは、なつかしさを感じたりするんですか？」

「まあな。要みたいな青臭い若造には、新鮮に見えるかもしれないが」

「青臭くはないでしょう。俺、来月で二十七になるんですよ」

「俺からすれば、二十代なんてまだまだガキだね。人間、三十を過ぎてからが本番だよ」

残っていたカフェオレを飲みながら、紗良はちらりと要に目をやった。さまざまなアングルから写真を撮る姿はいつもと変わらず、ひそかに胸を撫《な》で下ろす。

(要さん、楽しそう……。コンテストのことはもう気にしていないのかな)

今月のはじめごろ、ホテルの裏庭で見かけた彼の姿が思い浮かぶ。

要は何度か写真コンテストに応募しているそうで、落選が続いているとか。趣味については熱しやすく冷めやすい彼が唯一、本気で取り組んでいるのがカメラ関係だ。だからあのときに見た陰《かげ》りのある表情が気にかかっていたのだけれど……。

以前、三人でこのお店に行かないかと誘われたときは、あいにく石窯《いしがま》を見学する予定が入っていた。閉店する前に実現できてよかった。

いつの間にか凝視していたようで、要がこちらの視線に気がついた。スマホをカウンターの上に置き、バニラアイスの横に飾ってあったさくらんぼをつまみ上げる。リキュールに漬けこんで着色した、真っ赤なマラスキーノ・チェリーだ。

「どうぞ」

「？」

「あれ、これじゃなかった？　じっと見てるから食べたいのかなと」

小首をかしげた要は、すぐに「ああ」と不敵な笑みを浮かべた。意味ありげに紗良の顔をのぞきこみ、からかうように言う。

「熱い視線を送っていたのは、さくらんぼじゃなくて俺のほうか」

「ち、違いますよ！　要さんの言う通り、そのさくらんぼが食べたかったんです！」

ムキになって言い返してから、我に返る。またしてもいいように乗せられてしまった。

要はこちらの気持ちなど、すべてお見通しなのだろう。満足そうに笑ってさくらんぼをくれる。いまさら引っこみがつかず、紗良は小声でお礼を言って受けとった。

「アイスもいる？」

「おかまいなく！」

（うう……恥ずかしい）

「おい要、うちの大事な姪っ子をからかうなよ。兄貴に言いつけるぞ」

「紗良さんのお父さんか……。お会いしたことはないけど、とても真面目で誠実な方だそうですね。誠さんとは違って」

「何を言う。俺ほど誠実な人間もいないだろうが。名は体をあらわすとはこのことだ」

ふたりのやりとりを聞いていたマスターが、「なつかしいなあ」と目尻を下げる。

「そうやっていると、誠くんと宗一郎くんの若いころを思い出すよ。なんだかんだ言いつつも、波長が合っていたんだろうね。誠くんと要さんも似たような感じがするよ」

「宗一郎も外ではいい子ちゃんを演じてましたからね。言われてみればそっくりだ」

叔父が肩をすくめて言った。褒められたわけでもないのに、要の機嫌はよさそうだ。

彼と父親の本城氏は実の親子ではなく、血縁上の関係は伯父と甥《おい》。要は養父母の本城夫妻を慕っているから、そっくりだと言われて嬉しいのだろう。

「来月あたりに、居酒屋かどこかでマスターの慰労《いろう》会をやってもいいですかね？　馴染《なじ》みの常連たちと計画してるんですよ。宗一郎も仕事の都合をつけて参加するって」

「それはありがたい。日程が決まったら教えてもらえるかな」

マスターが答えたとき、カウンターの上に置いてあった要のスマホから、オーソドックスな着信音が聞こえてきた。ディスプレイを確認した要がつぶやく。

「母さんからだ……。仕事の件かな」

席を立った要は、電話をしながら外に出ていった。それから五分ほどが経《た》ったころ、出入り口のドアが乱暴に開け放たれる。

「誠さん！」

駆け寄ってきた要の顔は、真っ青だった。彼らしくない狼狽《ろうばい》ぶりに胸騒ぎがする。

「どうした。何があったんだ？」

要のただならぬ様子に、叔父の表情にも緊張が走る。

椅子から腰を浮かせた叔父に、要はスマホを握り締めながら口を開いた。

「父さんが倒れたそうです」

「！」

「会社で急に具合が悪くなって、救急搬送《はんそう》されたって――」


ベッドの上に横たわり、白い天井を見つめていると、誰かの足音が近づいてきた。

「宗一郎さん、気分はどう？」

「ひと眠りしたら、少しよくなったよ。体はだるいけど」

わずかに首を動かした宗一郎は、妻の綾乃《あやの》に視線を向けた。倦怠《けんたい》感が強く、まだ起き上がれそうにない。左の腕には点滴の針が刺してあり、何かの薬が投与されている。

「顔にも血の気が戻ってきたわね。あなた、さっきは本当に真っ白だったのよ」

綾乃はほっとしたような表情で言う。

ホテル猫番館のオーナーとして働く妻は、今日も山手に出勤していた。彼女にしてはめずらしく、きちんとしたスーツを着ているのは、インタビューを受ける予定があったからだ。女性をターゲットにしたビジネス誌で、綾乃を含めた数名の経営者を特集するのだと聞いている。写真も載るから気合いを入れねばと、朝からはりきっていた。

たしか記者とカメラマンが猫番館に来館し、そこでインタビューとホテルの取材をする予定だったはず。時間的に取材は終わっていただろうが、思いもかけないことで綾乃の仕事を中断させてしまった。彼女とて暇ではないのに、申しわけない。

スツールに腰かけた綾乃は、手にしていた冊子の表紙を宗一郎に見せた。ここは個室なので、ほかの患者に気を遣うことなく話せる。

「これ、入院のしおり。目を通しておいてくださいね」

「入院ということは、しばらく帰れないのか……」

「倒れた原因は過労みたいだけど、もしかしたら何かの病気が隠れているかもしれないでしょう。このさいだから検査入院をして、一度しっかり調べたほうがいいだろうってことになったのよ。折よくベッドも空いていることだし」

「健康診断は定期的に受けているけど」

「今回は人間ドック並みに、精密な検査よ。ＭＲＩとか内視鏡とか」

宗一郎は思わず顔をしかめた。多くの人がそうであるように、自分も病院は苦手だ。

「内視鏡というと、喉《のど》に管《くだ》を通すあれか。……嫌だなぁ」

「まあ、好きな人はいないでしょうね」

「痛いのかな」

「大丈夫。私も前にやったことがあるけれど、思ったほど苦しくなかったわよ。ＭＲＩはちょっとうるさいけど、寝てれば終わるし」

不安をにじませる宗一郎に、綾乃は勇気づけるように言う。

宗一郎は子どものころから体が丈夫で、風邪もめったに引かなかった。五十年以上も生きているが、救急搬送も入院も、今回がはじめてだ。健康だからこそ、仕事で世界中を飛び回っても体を壊すことはなかったし、多少の無理もできたのだが……。

（認めたくはないけど、やっぱり歳《とし》のせいなのかな。最近は寝ても疲れがとれないし、眠りも浅くなってきた）

宗一郎は大きなため息をついた。いつまでも若いつもりでいたけれど、この体は確実に衰《おとろ》えている。常に気を張っているせいか、白髪《しらが》もずいぶん増えてしまった。ふとした瞬間に鏡を見るときも、自分の老けぶりに落胆することが多い。

「そういえば、中崎《なかさき》はどこに？」

「ほかの社員に事情を伝えるとのことで、いったん会社に戻りましたよ」

「彼にも心配させてしまったな……」

仕事中にめまいを覚え、意識を失ったのが数時間前。気づいたときには病院のベッドの上で、秘書の中崎から連絡を受けた妻が飛んできた。これまで持病もなく、健康だと思っていた夫が救急車で運ばれたのだから、さぞや驚いたことだろう。

「何日くらいで退院できる？」

「たぶん、一週間から十日くらいはかかるんじゃないかしら。検査をするにも、ある程度は体力を回復させてからになるでしょうし」

「長いな……。仕事が滞《とどこお》る」

「お仕事も大事ですけれど、いまは自分の体を労《いたわ》ってあげてくださいな」

身を乗り出した綾乃は、指先で宗一郎の眉間《みけん》に触れた。思い通りにならないとき、知らず知らずのうちに深いしわを刻んでしまうのが、自分の悪い癖なのだ。綾乃は人差し指の先で、優しくしわを伸ばしていく。

「帰国してからまだ一カ月くらいしか経っていないのよ。それなのに、ろくにお休みもとらずにお仕事三昧《ざんまい》なんだから。疲労がたまるのは当然です」

新しい支店の立ち上げのため、宗一郎は先月までバリ島に滞在していた。

仕事の目途《めど》が立ち、帰国したのが三月末。それからひと月近くが経過したが、たしかに綾乃の言う通り、ほとんど休みをとっていない。休日もあれこれ予定が入ってしまい、自宅でゆっくり過ごす暇がなかったのだ。

「結奈《ゆいな》が家にいたから、今日中に必要なものは持ってきてくれるそうよ」

「そうか。結奈もびっくりしただろうな」

「あの子も言っていたわよ。『お父さんは働きすぎ！』って。きっと叱《しか》られるでしょうね」

「まいったなぁ……」

情けない声をあげた宗一郎は、天井をあおいだ。娘が来てくれることは嬉しいが、お叱りは勘弁願いたい。間違いなく綾乃とタッグを組んでくるだろうから。

そんなことを思ったものの、家族がそばにいてくれることは心強かった。これが子どものころだったら、亡き父はおそらく顔すら見に来なかったに違いない。母は世間体を考慮して、何度か見舞いに来るかもしれないが、綾乃のようにあたたかい言葉はかけてくれない気がする。そういう両親だったのだ。

だから綾乃と結婚したとき、自分が育ったような冷たい家庭にはしないと誓った。

彼女は両親がすすめてきた女性ではなく、自然と惹《ひ》かれ合った相手なのだ。両親からは反対されたが、あのとき自分の意思を貫き通したのは正解だった。そのおかげで結奈というかけがえのない娘を得ることができたし、もうひとり――

つらつらと考えていたとき、病室のドアがノックされた。

「入ってもいい？」

顔をのぞかせたのは、息子の要だった。綾乃が連絡したのだろう。

「大丈夫よ。どうぞ」

静かに入室した要は、コンシェルジュの制服ではなく、丸首のシャツに黒いジャケットという格好だった。着替えてきたのか、もともと仕事が休みだったのか。仕事のときは整髪料でセットされている前髪が、いまは無造作に下ろしてあるから後者だろう。せっかくの休みに水を差してしまい、申しわけなく思う。

ベッドに近づいた要は、力なく横たわる宗一郎の姿を見て、痛ましそうに表情をゆがめた。それから安堵《あんど》の笑みを浮かべる。

「思っていたよりは元気そうだね。よかった」

「心配をかけてすまない」

「倒れたって聞いたときは、心臓が止まるかと思ったよ。こんなことはじめてだからさ」

肩をすくめた要は、「そうだ」と綾乃に声をかける。

「母さん、看護師さんが呼んでたよ。話し忘れたことがあるって」

「あら、何かしら」

綾乃が病室を出て行くと、要はそれまで妻が座っていたスツールに腰を下ろした。宗一郎の腕から伸びるチューブをたどり、点滴のパックに目を向ける。

「栄養剤……みたいなものかな?」

「過労だからそうかもしれないね。さっきよりは体が楽になってきたよ」

「それはよかったけど、退院したら仕事をセーブしたほうがいいよ。しばらくどこかで療養するとか。完全に回復しないまま会社に戻って、また倒れでもしたら大変だ」

「うーん……。そうするべきなんだろうけど、新しい支店のことが気になるし……」

「部下の誰かに頼めばいいだろ。父さんのことは経営者として尊敬してるけど、仕事のしすぎで体を壊したら元も子もないよ。母さんと結奈まで心配させて」

(要にまで叱られてしまうとは……)

宗一郎は苦笑した。こうやって怒るのは、自分のことを本気で心配してくれているからだ。そんな人たちがいることを、とてもありがたく思う。

「誠さんも言ってたよ。いまどき仕事中毒なんて流行らないって」

「誠が?」

親友の名を聞き、宗一郎の眉がぴくりと動く。

「実は、さっきまで一緒にいたんだよ。紗良さんも誘って、三人で伊勢佐木町の喫茶店に行ったんだ。父さんと誠さんが行きつけにしている店だよ」

「ああ、あそこか……」

「母さんから連絡があったとき、一緒に病院に行こうって言ったんだ。でも家族以外の人間が押しかけたら迷惑だし、今日は俺だけのほうがいいって」

「誠がそう言ったのか。ああ見えて、いざってときは冷静に状況を読むからね」

微笑んだ宗一郎は、そっと目を閉じた。

脳裏に浮かんだのは、ノスタルジックな純喫茶の光景。誠に連れられ、はじめて足を踏み入れたのは、まだ中学生のころだった。大人ぶってはいたけれど、マスターの目には頑張って背伸びをする子どもにしか見えなかったに違いない。しかし若いからといって侮《あなど》ることなく、ほかのお客と同様に扱ってくれたことが嬉しかった。

学生時代はもちろん、社会人になってからも、宗一郎たちは店に通い続けた。そうこうしているうちに、気がつけば四十年。マスターとは友人のようなつき合いになり、長年の常連たちとも、顔を合わせれば親しく言葉をかわすような関係になった。あの店は自宅以外に、心の底から安らげる場所のひとつと言える。

(ちょっと待て。今日は何日だ?)

はっとした宗一郎は、あわてて要に日付をたずねた。返ってきた答えに絶望する。

あの店の最終日に間に合わない――

綾乃の話が事実であれば、退院は月末を過ぎてしまう。ここ数年は仕事であまり行くことができなかったから、せめて最後は見届けたいと思っていたのに……。

父親が何を考えているのか気づいたのだろう。要が気づかわしげに口を開く。

「残念だけど、これればかりはどうしようもないことだから……。店はなくなっても、マスターまでいなくなるわけじゃないだろ。退院したら挨拶《あいさつ》に行けばいいし、常連仲間だって父さんが声をかければ集まってくれると思うよ」

「そう……だな。起こってしまったことを嘆《なげ》いてもしかたがない」

息子にこれ以上の心労をかけるわけにもいかず、宗一郎は落胆を隠しながら答えた。

人生とはときに理不尽なもの。これまでも、似たような経験は何度もしてきた。心配してくれる家族のためにも、いまは体を治すことだけを考えよう。

「あまり長居もできないし、そろそろ帰るよ。誠さんたちも気を揉んでいるだろうから」

要がゆっくりと立ち上がった。なんとなく名残惜《なごり》しくて、結奈が来るまで待っていればいいのにと言うと、息子は困ったように視線をさまよわせる。

「そうするつもりだったんだけど、やっぱり病院は苦手で……。父さんには悪いけど、一刻もはやく逃げ出したくなるというか」

「それは……」

「二十年以上も前のことなのに、意外とはっきり憶《おぼ》えているものなんだな」

かすかな恐怖を含んだその言葉で、彼が何を思い出したのかがわかった。

要の実の両親は、二十一年前に自動車事故で亡くなっている。宗一郎には母親違いの妹がふたりいるのだが、要の実母は上の妹で、年の差はわずか一歳。妹の存在は知っていたけれど、彼女が生きているときに会うことは、ついになかった。

妹夫婦が事故に遭《あ》ったとき、要は母方の祖母――例の愛人に連れられて、病院に駆けつけたそうだ。当時はまだ六歳だったが、強烈な記憶として脳に刻みこまれているのだろう。両親の死が病院とつながり、トラウマのようなものを感じているのだ。

(多少薄まりはしても、完全に消え去ることはないんだろうな……)

両親を喪《うしな》った要は、数カ月ほど施設にいた。母方の祖母が彼を引き取ろうとしていたのだが、持病の悪化でそれができなくなってしまったからだ。ただでさえ複雑な、愛人の孫という立場の子どもだ。受け入れようとする血縁はなかなかあらわれず、最終的には伯父にあたる宗一郎が引き取った。

正式に養子縁組をしてからは、実子の結奈と変わらない愛情をそそぎ、大事に育てたつもりだ。その甲斐《かい》あって、結奈は要を兄として慕っているし、要本人も立派な青年に成長した。しかし出生の事情や実の両親については、いまでも彼の心の中で暗い影を落としているのかもしれない。

「無理をする必要はないんだぞ。見舞いにはもう来なくても」

「大丈夫だよ。そこまで怖いってわけでもないから」

要は父親を安心させるように、明るく笑った。

「いい機会だから、病院の空気に慣れておこうかな。俺だって具合が悪くなれば入院することがあるかもしれないし、誰かのお見舞いに行くこともあるだろうしね。いい大人が怖いから嫌だなんて言っていられないよ」

それはおそらく、宗一郎ではなくて自分自身に言い聞かせているのだろう。

「退院の前にまた来るよ。そのときはもっと長くいられるようにするから」

病室を去っていく息子の背中を、宗一郎はせつない気持ちで見送った。

宗一郎が退院したのは、五月に入って二日目のことだった。

精密検査の結果、幸いにも病気は発見されず、酒量を控えて休肝日《きゅうかんび》を設けるようにと指導された程度で済んだ。一週間ぶりに自宅に戻った宗一郎は、その日は妻や娘とゆっくり過ごし、夜になるとスーツケースに着替えや小物を詰めていく。入院したときは突然だったので、妻たちが必要なものをそろえてくれたが、今回は自分の手で行った。

（あそこに行くのも久しぶりだな……）

そして翌日。昼食をとってから、綾乃の愛車であるコンパクトカーに荷物を積んだ。

「いいなー。私も一緒に猫番館に行きたい」

「結奈は二月に泊まったんだろう？　またマリーを連れて、夏休みにでも行けばいいさ」

「もちろんそのつもりだよ。なんたって大学最後の夏休みだもの。そのころまでに就職が決まるといいんだけどね」

宗一郎が助手席に乗りこむと、運転席には綾乃が座った。半分ほど開けたパワーウィンドウの向こうで、結奈が笑顔で右手をふる。

「いってらっしゃーい」

エンジンがかかり、車が静かに発進する。あざみ野《の》にある自宅を出た宗一郎たちは、有料道路を通って山手に向かった。二十数キロほどの距離があるが、左手にランドマークタワーを臨み、横浜公園出口まで来ればあと少しだ。

坂を上がってしばらくすると、ヨーロピアンな雰囲気を演出する、錬鉄製の洒落《しゃれ》た柵が見えてきた。「チェックインの時間にはまだはやいし、表からでもいいんじゃない？」という綾乃の言葉で、正門から敷地内へと入っていく。

玄関の前に設けた車寄せの前で停まったのは、十三時を少し過ぎたころだった。

「はい、到着ー。お疲れ様でした」

「それはこっちの台詞《せりふ》だろう」

車から降りた宗一郎は、ステンドグラスがはめこまれた扉の前に立った。

扉自体はホテルの開業時に新しくしたのだが、色ガラスが入った幾何学模様のステンドグラスは、大正時代につくられたものが引き継がれていた。以前の持ち主だった高瀬家の趣味で、館内では多くのステンドグラスを見ることができる。

特に見ごたえがあるのは、一階と二階の間にある踊り場のそれだ。縦長でアーチ型をした二枚の窓に、赤と青の薔薇《ばら》がそれぞれ組みこまれている。外から光が差しこんだときの美しさは格別で、ガイドブックには必ず写真が載るくらいだ。

──この館を手に入れるために、若き日の自分は死に物ぐるいで働いたのだ。

感慨《かんがい》にふけりながら、宗一郎はゆっくりと扉を開けた。

チェックインの前だったが、ロビーには数人のお客がいた。連泊している人たちなのか、ソファに座って新聞を読んだり、館内の写真を撮ったりしている。

（要はいないのか。今日は出勤だって聞いたけど、休憩中かな）

コンシェルジュデスクには誰もいなかった。机の中央には、「ご用の際はフロントにお申し付けください」と記されたプレートが立てかけてある。傘の部分にステンドグラスが使われた、華やかでありながら古風なランプも印象的だ。

コンシェルジュの主な仕事は、宿泊客に快適に過ごしてもらうため、あらゆる雑用を引き受けること。各種チケットの手配はもちろん、駅や観光地への送迎も行っているし、猫番館ではパーティーなどのイベント準備を担当することもある。コンシェルジュはひとりしかいないため、要が不在のときは支配人が同じ仕事を行っていた。

フロントのほうを見ると、昨年から働いている学生アルバイトの青年が、アンティークの椅子に座ったマダムの世話をしていた。長い毛が絡まったようで、マダムは明らかに機嫌が悪い。そんな看板猫を相手に、彼はブラシを片手に奮闘している。

「あ、これいけるかも。ちょっと痛いかもしれないけどじっとして……ぎゃっ」

毛を引っぱられたマダムが、青年に怒りの猫パンチを食らわせた。お客の前で何をしているのかと思ったが、妙に微笑ましい光景なので、周囲の人々はおもしろそうな表情で彼らの動向を見守っている。

（まあ、お客様が楽しまれているならいいか……）

「お疲れ様です、本城オーナー。お待ち申し上げておりました」

我に返ってふり向くと、ひとりの紳士と目が合った。

「ああ、岡島《おかじま》さん。ご無沙汰《ぶさた》しています」

優雅に一礼する彼に倣《なら》い、宗一郎もお辞儀を返す。

ダブルボタンの背広を着こなし、おだやかな微笑みをたたえた彼は、猫番館を取り仕切る頼もしい支配人だ。宗一郎よりも六つ年上で、かつては都内のホテルで総支配人《ゼネラルマネージャー》をつとめていたほどの実力者である。猫番館でホテルを開こうと決めたとき、噂《うわさ》に名高い彼に狙《ねら》いをつけて、熱心に口説き落としたのだ。

コンシェルジュの要も、彼からさまざまな教育を受けている。支配人は息子の上司であると同時に、一流のホテリエをめざす者たちの、よき師でもあるのだ。

「要がいないようですが、休憩中ですか？」

「本城くんでしたら、事務室のほうで仕事をしておりますよ。今月の半ばに団体のお客様が宿泊される予定でして、ツアーコンダクターの方と打ち合わせを」

忙しく働く息子の姿を想像して、宗一郎は表情をほころばせた。要はいずれ、綾乃の後を継いでこのホテルのオーナーになる。ひねくれているところもあるけれど、根は真面目で仕事熱心な要なら、猫番館の未来も安泰だろう。

「オーナーがこちらにお泊まりになるのは、一年ぶりですね」

「そんなに経ちますか……。最近の経営は妻とコンサルタントにまかせているので、足が遠のいてしまいました。申しわけない」

「それだけ奥様方を信頼なさっているということでしょう」

優しい声音《こわね》で答えた支配人は、「ところで」と話を変えた。

「お体の具合はいかがですか？　過労で入院されたとうかがいましたが……」

「ご心配には及びません。精密検査もやりましたけど、特に異常は見つかりませんでしたよ。帰国したばかりで疲れがたまっていたんだと思います」

「さようですか。しかしオーナー、油断は禁物ですよ。しばらくはご無理なさらず、体調をととのえてください」

「ええ、わかっています。そのためにここまで来たんですから」

「従業員一同、心をこめておもてなしをさせていただきます」

支配人は背後に控えていたベルスタッフに合図をした。前に出たのは眼鏡をかけた若い女性だ。たしか市川《いちかわ》という名前だったはず。

「本城オーナー、お荷物をお運びいたします」

「ありがとう。お願いするよ」

スーツケースを彼女に託すと、支配人が「それではご案内いたします」と言って歩きはじめた。客室の場所は知っているのだが、ほかの宿泊客と同様に扱ってくれるということなのだろう。その厚意に感謝しながらついていく。

「スイートルームが空いていればよかったのですが、あいにく来月まで予約で埋まっておりまして。一般客室も……。いまはゴールデンウイークの最中ですから」

「繁忙期に予備の客室が確保できただけでも、じゅうぶんありがたいですよ。飛びこみなのに無理を言ってすみません」

「何をおっしゃいます。ここはオーナーのホテルなのですから、どうぞお好きなときにいらしてください。可能な限りの便宜《べんぎ》を図りますので」

歩みを止めた支配人は、目の前にある部屋の鍵を開けた。

一階の最奥に位置する客室は、予備として確保されている。二階にも同じ用途の部屋がひとつあり、普段は使っていない。中に入ると、きれいにととのえられた二台のベッドが視界に飛びこんできた。予備の客室はどちらもツインルームなのだ。

「何かご用がありましたら、なんなりとお申し付けください」

「のちほどお飲み物をお持ちいたします」

支配人とベルスタッフが退室すると、宗一郎は廊下側のベッドに腰かけた。マットレスはほどよいかたさで、寝心地がよさそうだ。眠りにこだわる要が選んだのだから、品質も最高なのだろう。布団も軽くてやわらかいし、良質な睡眠が期待できる。

（一週間も休むなんて、学生のとき以来だな……）

退院後はすぐに仕事に戻らず、しばらく静養するべきだ。

周囲のすすめに従って、宗一郎は一週間の休暇をとることにした。綾乃や結奈は「一カ月くらい休めばいいのに」と言っていたが、それはさすがに長すぎる。

入院を含めて二週間。それが宗一郎の決めた静養期間だ。

自宅でのんびり過ごしてもいいし、温泉宿で心身の疲れを癒《いや》すのも魅力的だ。しかし最終的に選んだのは、ホテル猫番館だった。ここに来ると心が安らぐのは、子どものころから知っている場所だからなのか。高瀬家の別邸だったころから変わらない外観やステンドグラスを見ていると、学生時代を思い出し、若々しい気持ちになれる。

立ち上がって荷物の整理をしようとしたとき、出入り口のドアがノックされた。こちらが返事をする前に、いきなり開く。

「宗一郎、生きてるかー？」

「誠！」

ずかずかと入ってきたのは、コックコート姿の誠だった。

この時間は喫茶室で働いているはずだが、アルバイトにまかせて抜け出してきたのだろう。午前中は厨房《ちゅうぼう》でケーキなどの洋菓子をつくっているため、誠の体には甘い香りがまとわりついている。なんだか好物のプリンが食べたくなってきた。

そんなことを考えつつも、宗一郎は誠を軽くねめつけた。

「返事も聞かずに開けるなよ。これがお客様だったらどうする」

「おっと、悪いな。小夏《こなつ》から宗一郎が到着したって聞いてさ。はやく顔が見たくて」

「小夏?」

「おまえの荷物を運んでくれたベルスタッフがいただろ。あの眼鏡の子だよ。宗一郎が来たら教えてくれって頼んでおいたんだ」

あっけらかんと笑った誠は、まじまじと宗一郎の顔を見つめた。

「ふーむ。過労で倒れたって聞いたときは驚いたけど、いまは大丈夫そうだな。顔色もいいし。でもちょっと痩《や》せたか?」

「体重はそんなに落ちてない。みんな心配しすぎなんだよ。たいしたことないのに」

「心配するのはあたりまえだろ。まあ、病気とかじゃなくてよかったよ。俺たちの年頃だと、いろいろ出てきてもおかしくないからな。気をつけるに越したことはない」

軽い口調の中に、こちらを案じる気持ちがにじみ出ている。その表情を見たとき、誠が病院に来なくて正解だったと思った。

入院中、宗一郎は家族と秘書以外の見舞いを拒否した。余計な心配をかけたくなかったし、弱々しい自分をさらすのが、たまらなく嫌だったのだ。衰弱してベッドに横たわる姿など、誠には絶対に見せたくない。誠が同じ立場でも、きっとそうしたと思う。

そんな宗一郎の気持ちを察したのか、誠は見舞いに来なかったし、アプリのメッセージを寄越すこともなかった。唯一、要を通して化粧箱入りの苺《いちご》を贈ってきたが、お見舞いではなく差し入れだと言っていたのが印象的だった。

「この前は差し入れをありがとう。すごく美味しかったよ」

「苺はいまの時季が旬だからな。ビタミンCは疲労回復にも効くんだとさ」

あからさまに心配するようなことはなくても、さりげない気遣いは忘れない。普段はいいかげんにふるまっているが、本当は情が深くて思いやりのある人間だということを、宗一郎はよく知っている。

「滞在は一週間だって？　俺からしてみりゃ短いが、会社のことを考えたら長居もできないか。でもまあ、ここにいる間くらいはゆっくり過ごせよ」

「ああ。しばらく世話になるよ」

「あ、そうそう。お茶を出してくれって岡島さんから頼まれてたんだ」

いったん客室の外に出た誠は、配膳用のワゴンを押しながら戻ってきた。

用意された茶器は、オーナー室に保管されているコレクションのひとつだった。宗一郎も気に入っている英国ブランドの逸品だ。

宗一郎が窓辺のソファに座ると、誠は丁寧な手つきで紅茶を淹れた。

喫茶室のマスターをつとめているだけあって、珈琲だけではなく、紅茶の淹れ方も美しい。誠は猫番館で働きはじめてから、伊勢佐木町の純喫茶に足繁《しげ》く通い、マスターに頼んで教えを賜《たまわ》った。あのマスターは誠の師でもあるのだ。

カップを受けとった宗一郎は、香り高いダージリンの味わいを楽しんだ。

「誠も飲んだら？」

「俺はいいよ。これでも仕事中だしな。それに、紅茶より珈琲のほうが好きだってことくらい知ってるだろ」

「飲めるようになったのは高校からだったっけ？　中学までは苦いから嫌だとか言って」

「うるさいな。これだから昔馴染みは……」

にやりと笑ってみせると、誠は拗ねた表情でそっぽを向いた。

こうしていると、ふたりでつるんでいた学生時代に戻ったような気がしてくる。

「高等部のころは大変だったね。誠、近くの女子校じゃ有名な色男だったから」

「遊び人みたいに言うなよ。高校時代の彼女なんて、ふたりくらいしかいなかったぞ」

「そこがまた女の子の心をくすぐるというか。ラブレターも絶えなかったし」

「宗一郎だってもらったことあるだろ」

「えっ！　なぜそれを」

「あれで隠してたつもりか。バレバレだったぞ。で、その相手とはどうなったんだ？」

よみがえるのは、青々とした若木のような、輝かしい青春の日々。

時の彼方《かなた》に去ってしまった日々をなつかしみながら、宗一郎と誠はしばしの間、思い出話に花を咲かせたのだった。


喉が渇いて一階に下りたとき、リビングのほうから甘い香りがただよってきた。

(美味しそうな匂い……)

魅力的な香りに引き寄せられるようにして、紗良はリビングに入った。

天井の照明は消えていたが、対面式のキッチンには明かりがついている。中をのぞきこむと、コンロの前に立っていたのは意外な人物だった。

「叔父さま、こんな夜中にどうしたの？」

「ん？」

こちらに視線を向けた叔父は、木べらを手にしていた。コンロの上には片手鍋が置いてあり、何かを煮ているようだ。香りから察するに、小豆だろう。

「なんだ、まだ起きてたのか？　もう十一時だぞ」

「寝てはいたんだけど、喉が渇いて目が覚めちゃったの」

従業員寮で暮らしている七名の住人のうち、紗良と叔父の誠、隼介《しゅんすけ》と早乙女《さおとめ》の四人は厨房勤務だ。早朝から仕事をする日が多いので、眠りにつく時間もはやい。

あとの三人――フロントでの夜勤がある要は不規則だが、小夏と事務員の泉《いずみ》は、一般的な会社員に近い就業時間で働いていた。彼女たちはほかの住人を気遣い、二十一時以降は自室で静かに過ごしている。

大型の冷蔵庫を開けた紗良は、「高瀬姪」とマジックで記した水のペットボトルをとり出した。苗字だけだと叔父と混同してしまうため、自分のものにはそう書いている。

冷たい水で喉を潤してから、紗良はコンロをのぞきこんだ。

「あ、やっぱり小豆だったのね」

「いい香りだろ。大納言《だいなごん》小豆に加えて、砂糖は和三盆《わさんぼん》だからな。素材は上々」

「叔父さま、あんこをつくっているの？　こんな夜中に？」

「煮詰めるのに時間がかかるだろ。といっても、共用スペースを長々と占拠するのは気がひける。こういうものをつくるなら、誰もいなくなってからにしないと」

　言いながら、叔父は片手鍋に入っている小豆を木べらで混ぜた。見たところ、水分はかなり飛んでいるようなので、そろそろ煮詰まるだろう。

　これをバットに広げてしばらく冷ませば、つぶあんの完成だ。このつぶあんを濾《こ》し器に通し、皮を取りのぞいてから練り上げていくと、こしあんができあがる。こしあんに小豆の蜜煮《みつに》を混ぜ合わせれば、小倉あんと呼ばれるものになるはずだ。

（あんこって簡単そうに見えるけど、実はすごく手間がかかるのよね）

　猫番館の看板商品である黒糖くるみあんパンは、紗良がすべてを手づくりしている。ミキシングに機械を使わず、生地を手ごねしているのもあんパンだけだ。使用するこしあんは大量につくり、冷凍庫にストックしていた。

　叔父の専門は洋菓子だけれど、小豆を使った新作でも考えているのだろうか？

「……よし。こんなもんかな」

　小豆を木べらですくい、状態を確認した叔父は、コンロの火を止めた。棚から金属製のざるをとり出したので、これから濾していくようだ。

「わたしがお師匠さまから教わったつくり方とは違いますね。どんな味になるのかな」

熱心に作業を見つめていると、叔父が苦笑しながら言う。

「まだ時間がかかるぞ。そろそろ部屋に戻れ」

「叔父さまも、夜更《よふ》かしはほどほどにしてくださいね。明日も朝からお仕事でしょう」

「これが完成したらすぐに寝るよ。睡眠不足じゃろくな仕事ができないからな」

邪魔をしたくはなかったので、紗良は素直に自室に戻った。

ベッドにもぐりこんで目を閉じると、すぐに眠気がやってくる。しかし叔父のことが気になっていたせいで眠りが浅く、二時間後にふたたび覚醒してしまった。

（一時か……。さすがに叔父さまも寝たよね？）

すっかり目が冴えてしまい、紗良はもぞもぞとベッドから抜け出した。スリッパを履《は》いて部屋を出る。足音を立てずに一階まで下りると、リビングからオレンジ色の光が漏れていることに気がついた。色合いからして間接照明だろう。

――まだ起きていたのか……。

あきれながらドアを開けると、そこにはやはり叔父がいた。ソファに腰かけ、アルバムのようなものを見ている。ローテーブルの上にはワインのハーフボトルと、飲みかけのグラス。こんな時間に晩酌《ばんしゃく》をして、仕事に響いたらどうするのだ。

顔を上げた叔父は、紗良と目が合うなり「げっ」と声をあげる。

「またおまえかよ。とっくに寝たものだと思ってたのに」

「あいにく途中で目が覚めてしまいました。叔父さまのせいです」

「人のせいにするんじゃない。せっかくの楽しみを……」

紗良はテーブルに近づき、ワインボトルを持ち上げてみた。まだ半分ほど残っている。

「これは没収します。残りは次の機会に飲んでください。そしてさっさと寝る！」

「はいはい。おまえのそういうところ、ほんと兄貴にそっくりだよな」

反抗するつもりはないのか、叔父はボトルをとり返そうとはしなかった。グラスの赤ワインを一気に飲み干す。

「アルバムを見ていたんですか？」

「まあな。ちょっと昔を思い出してさ。紗良も見てみるか？」

興味を引かれた紗良は、叔父の隣に腰を下ろした。

アルバムには、猫番館の写真があった。玄関の扉やフロント、踊り場など、憶えのある光景ばかり。厨房を写したものもあるけれど、現在のそれよりもきれいに見える。

「この写真は、猫番館がホテルとして開業したばかりのころに撮ったんだ。十六年くらい前になるのかな」

「ああ、だから厨房もまだ新しいんですね」

「外観はそのままだけど、中はホテル用にリノベーションしたからな。厨房は機材だけじゃなくて、コンロや調理台も入れ替えたから、昔とはだいぶ変わってる。床のタイルも張り替えたんだったか」

叔父がアルバムをめくると、次のページには集合写真があった。猫番館のオープニングスタッフなのだろう。いまよりも黒々とした髪の支配人や、紗良の前にパン職人をしていた女性など、何人かの顔には覚えがある。

「叔父さまは……いまでも若々しいですけど、このころは本当に若いですね」

「実際に若かったよ。当時はまだ三十代だったし。フランスから戻って、半年も経ってなかったかな。洗練されたパリジャンって感じで、我ながらいい男だ」

「そうですねえ……。洗練云々《うんぬん》はよくわかりませんけど、さわやかで素敵ですね」

叔父の隣に立っているのは、猫番館のオーナーである本城氏。コックコートを着た叔父に対して、黒ブチの猫を抱いた本城氏は、きちんとしたスーツ姿だ。現在ほどの貫禄はまだないものの、実業家としての自信にあふれた表情に惹きつけられる。

「宗一郎も若いよなぁ。それがいまじゃ、すっかり老けこんで」

「叔父さま、失礼ですよ」

「いくら俺でも、面と向かってそんなこと言わないさ。あいつけっこう気にしてるみたいだし。でもやっぱり、こうして昔と比較するとな……」

たしかに叔父の言う通り、写真のふたりは同い年に見えるが、現在の見た目には開きがあった。叔父は猫番館のパティシエとしてのびのびと働きながら、自由な独身生活を謳歌《おうか》している。実家に関する面倒なしがらみは、みずからの手で断ち切った。頭を悩ませるストレスが少ないから、いまでも若々しくいられるのだろう。

一方の本城氏は、上に立つ者として、常に重圧を感じている。家庭は円満でも、仕事のストレスは相当なものに違いない。本人は仕事が好きなのだろうが、休む間を惜しんで働き続けていると、疲労は消えることなく体内に蓄積される。それが老化となって表に出てきてしまったのが、現在の姿なのだ。

「過労で倒れるまで働くってところは、宗一郎らしくはあるけどな。無茶をしたら一気にガタがくる歳だし、これを機に休みを増やしてもらわないと」

「もうお帰りになるなんて、あっという間ですね」

本城氏が猫番館にやって来てから、一週間が過ぎた。休暇は終わり、朝食後には秘書の車で会社に向かうそうだ。ホテルに滞在している間、本城氏は紗良が焼いたパンを美味しそうに食べ、腕を上げたねと褒めてくれた。

『前に泊まったときは、まだ働きはじめたばかりのころだったか……。あのときは仕事に慣れていなかったみたいだけど、いまは板についている。頼もしいね』

『お褒めにあずかり光栄です』

『これからも天宮《あまみや》くんたちと協力して、お客様に満足していただける料理を追求し続けてください。きみの活躍に期待しているよ』

『おまかせください！』

「……本城オーナーは、充実した休暇を過ごすことができたんでしょうか」

「最初の二日は落ち着かなくて、パソコンでちょっと仕事をしたみたいだな。三日目からは開き直って、好きなことをしてたって言ってたぞ」

時間がなくて読めなかった本を読んだり、気ままに昼寝をしたり。綾乃オーナーと庭園を散策しているところを見かけたこともあったし、家族四人で食事に出かけたという話も要から聞いた。ロビーのソファに腰かけ、膝《ひざ》にもたれかかったマダムを幸せそうに撫でている姿も見たことがある。心おだやかに過ごせたのなら何よりだ。

「俺とも一度飲みに行って、久しぶりにゆっくり話したよ。宗一郎の奴、あの店の最終日に間に合わなかったことが悔しかったみたいでさ」

「あの店というと……。伊勢佐木町の？」

「ああ。あそこではじめて頼んだ小倉トーストを、最後にもう一度食べたかったって」

中学生のときに、背伸びをして入った純喫茶。それは本城氏の中で、少年時代の輝かしい思い出として強く残っているに違いない。その象徴が、はじめて口にしたという小倉トーストなのだろう。

紗良の脳裏にふと、さきほどキッチンで見た叔父の姿が思い浮かんだ。翌日に仕事があるというのに、夜中にわざわざつくっていたあんこ。あれはもしや――

にっこり笑った叔父が、「紗良」と呼びかける。

「その件でおまえに頼みがあるんだが、聞いてくれるか？」


滞在最終日の朝。

身支度をととのえた宗一郎は、いつものように客室を出て、食堂に向かった。

（一週間は長いと思っていたけど、意外とすぐに過ぎたな）

夢のような休暇が終わり、今日からはまた、日常がはじまる。心身ともにリラックスした時間を過ごせたおかげなのか、重たく感じていた体は軽くなり、気分も晴れやか。これなら会社に戻っても、気持ちよく仕事ができそうだ。

（迎えが来るのは十時だったな）

この時季は満室のため、食堂も混んでいる。混雑を避けるため、宗一郎は一般のお客が引き揚げたあと――九時からの朝食を頼んでいた。食堂に向かう途中の廊下で、部屋に戻っていく宿泊客とすれ違う。幼稚園くらいの子どもがいる家族連れだ。

「クロワッサンがおいしかったー。お母さん、また泊まろうね！」

「そうねえ。夕食のコースも最高だったし、次は来年の夏休みにでも……」

「お父さんたちが頑張ってお金を貯めないとな。一泊じゃもったいないから、次は二泊くらいできるといいなぁ」

両親と手をつなぎながらはしゃぐ男の子の姿を見て、幼き日の要を思い出す。妹夫婦が生きていたら、彼もああやって、両親に無邪気に甘えていたのだろう。要が新しい家族に慣れるまでには数年かかったため、宗一郎があのような経験をしたことはない。

それはさびしかったが、いまではかけがえのない家族として、同時にひとりの人間として、尊重し合うことができている。大事な息子がそんな大人に成長してくれたことは、何にも勝るよろこびだ。

食堂の前には、コックコートの上から臙脂《えんじ》色のタイや前掛けをつけた誠の姪――パン職人の紗良が立っていた。親友によく似た面差しの彼女は、明るい笑顔で挨拶する。

「おはようございます。いいお天気ですね」

「ああ、おはよう」

「本日の朝食は、別の場所にご用意させていただきたいのですが、よろしいですか？」

「別の場所？　まあ、かまわないけど」

「ありがとうございます。ではこちらへ」

案内されたのは、厨房のすぐ隣にある喫茶室だった。宿泊客はもちろん、そうでないお客も入ることができる場所だ。洋館らしいクラシカルな店内で、気軽にお茶やケーキを楽しめるので、女性客の人気が高い。

店名は「マネ」。これは宗一郎が若いころに飼っていた、オスのキジトラ猫の名前でもある。結婚する少し前に亡くなったが、世話になった恩人から譲り受けた猫のため、思い入れがあった。ホテルの初代看板猫になったのは二匹目の飼い猫で、この黒ブチは二十年という長い年月を生き抜いてくれた。

彼が天寿を全《まっと》うしてから猫番館にやって来たのが、マダムとマリーの姉妹猫だ。妹のマリーは大勢の人が集まる場所に水が合わず、自宅に戻った。姉のマダムは二代目の看板猫になり、現在も君臨している。

「どうぞお入りください」

ドアが開くと、宗一郎は店内に足を踏み入れた。

開店は十一時なので、中にお客はいない。店内にはゆったりとしたクラシック音楽が流れており、カウンターの内側には誠が立っていた。

「よう。ゆうべはよく眠れたか？」

「おかげさまで、ここに来てからはぐっすりだよ」

「今日は紗良に頼んで、こっちに朝食を運んでもらうことにしたんだ。まあ座れよ」

宗一郎は言われるままに、カウンター席の椅子に腰を下ろす。

喫茶室をつくろうと考えたとき、内装は行きつけの純喫茶を参考にした。出入り口のドアにはホテルの玄関と同じく、ステンドグラスがはめこまれている。猫をモチーフにしたそれは大正時代のものではなく、専門の工房で製作してもらった。

あの店と似ているから、ここに来ると心が落ち着く。

「喫茶室で朝食か……。はじめての経験だな。楽しみだ」

「いま用意しているから、先にこれを」

差し出されたのは、持ち手のないカップに入ったカフェオレだった。フランス人は朝食のとき、バゲットやクロワッサンをカフェオレに浸して食べることが多い。誠は以前、南仏に住んでいたから、いまでもその習慣が残っているそうだ。

まろやかなカフェオレを味わっていると、紗良が朝食を載せたトレーを運んできた。

新鮮なサラダに、つくりたてのプレーンオムレツ。カリカリに焼いたベーコンと、春らしいホワイトアスパラガスのポタージュ。猫番館では定番の組み合わせだ。

宗一郎が食事をはじめると、誠は厚切りの角食パンを一切れ、ポップアップ型のトースターに挿入した。

ホテルで使用しているパンはすべて、職人の紗良が手がけたものだ。しばらくして食パンが焼き上がると、誠は表面に薄くバターを塗り、たっぷりのあんこを盛りつけた。その上にカットしたバターを置き、食器に載せて宗一郎の前に出す。

「これは……」

「見ての通り、小倉トーストだ。試食したらそれはもう美味かったぞ」

誠は自信満々に笑った。

「あの店のマスターに頼んで、小倉あんのつくり方を教えてもらったんだ。パンは違うけど、あんこの材料は同じものを使ったから、近い味にはなっているはず」

宗一郎は驚いた。自分の知らない間に、誠がそんなことをしていたとは。

「おまえ、入院して店に行けなくなったことを残念がってただろ？　最後の日にそのことを話したら、マスターが『宗一郎くんのために』って教えてくれたんだよ」

「あの店ではもう食べられないけど、ここに来たらいつでもつくってやるよ」

マスターと誠に感謝しながら、宗一郎はできたての小倉トーストに手を伸ばした。

小倉トーストには、名古屋の喫茶店で生まれたサンド型や、自分で好きなだけ小倉あんを載せるタイプもある。有名なスタイルはやはり、トーストの上に小倉あんを載せて提供されるものだろう。

こしあんに小豆の蜜煮を混ぜて練り上げられたというあんこは、たしかにあの店の味によく似ていた。こんがり焼けた食パンとの相性も抜群だ。一口、また一口と頬張《ほおば》っているうちに、夢中になって食べていた、なつかしい学生時代がよみがえる。

(手持ちのお金が足りなくて、誠と半分ずつ分けたこともあったな……)

過ぎ去っていった日々はもう戻らない。しかし、思い出の味はこうして再現させることができる。自分のためにそこまでしてくれた誠には、感謝してもしきれない。

そのような友と四十年もつき合うことができて、心から嬉しく思う。

「こんなに美味しい小倉トーストを出されたら、通わざるを得なくなるじゃないか」

「それが狙いだからな」

にやりと笑った親友に、宗一郎は同じ笑みを返した。

Tea Time

二杯目

春という季節はなぜ、これほどまでに眠気を誘うのでしょうか？

その日の午後、わたしはホテルのロビーにて、チェックインがはじまる時間を待っていました。十四時までには少し時間があり、周囲にはこの季節特有の、どこか怠惰《たいだ》でまったりとした空気が流れています。

「ZZZ……」

昼食をとり、眠気のピークに達したのでしょうか。フロントで働いている学生アルバイトの梅原《うめはら》くんが、立ったまま船を漕いでいます。背筋をぴんと伸ばし、美しい待機姿勢を崩すことなく意識を飛ばしているのは、ある意味あっぱれと言えましょう。けれどよく見ると白目を剝《む》いているので、なかなかホラーな光景です。

いくら学生といえども、勤務中にみっともない姿をさらすわけにはいきません。猫パンチのひとつでもお見舞いすれば、ばっちり目が覚めるはず。

お気に入りの椅子《いす》から下りようとしたとき、梅原くんが「ぎゃっ」と小さな悲鳴をあげました。どうやら隣にいた要《かなめ》が、彼の脇腹をつねったようです。

「ちょっと本城《ほんじょう》さん！　ひどいじゃ——いえ、ひとりごとです。いやほんとに」

抗議の声をあげかけた梅原くんでしたが、要の威圧感あふれる笑顔に恐れをなし、借りてきた猫のようにおとなしくなってしまいました。笑顔ひとつで黙らせるとは、下僕のわりになかなかやります。

「梅原くん、さっき白目剝いてたよ」

「げっ、マジですか」

「それでも待機姿勢を保っていたことについては、褒めておこうか」

彼らのおかげで、ぼんやりしていたわたしの目も覚めました。

人間には四肢《しし》を投げ出しお腹を見せて眠る猫が、とても可愛《かわい》らしく見えるようです。猫好きになると、猫の行動すべてが愛《いと》おしくてたまらなくなるとか。

ですがいまは仕事中。のん気に眠ってなどいられません。

椅子に座り直したとき、玄関の扉が開きました。お客様かと思いましたが、あらわれたのは私服姿の隼介《しゅんすけ》さんです。片手に大きな紙袋を提《さ》げた隼介さんは、髪をふたつに結んだ六歳くらいの女の子と一緒でした。何度か見たことのある、彼のひとり娘です。

「マダムちゃん！　ただいまー！」

表情を輝かせた女の子、ちひろちゃんが、わたしのもとに駆け寄ってきました。嬉《うれ》しそうに手を伸ばし、わたしの毛並みを撫《な》ではじめます。

「いいなぁ、ネコちゃん。うちでも飼いたい」

「おじいちゃんが猫アレルギーだから、あの家ではちょっと無理だな」

隼介さんの元奥様と娘さんは、年に一度、春になると猫番館《ねこばんかん》にやって来ます。父と子の面会とのことで、泊まっている間はふたりで過ごすのだとか。元奥様は、面会中はあまりかかわらず、今日は横浜《よこはま》に住むお友だちと会っているそうです。

「三時にはママが戻ってくるから、それまで喫茶室にでも行くか」

「誠《まこと》おじちゃんのところ？　行く行く！　プリンが食べたい！」

「よし。今日は特別だからな。プリンアラモードを頼もう」

「ほんと？　やったぁ！」

猫は一年から一年半で成猫になります。対して人間は、大人になるまで十八年ほどかかるとか。ちひろちゃんは猫のわたしから見ればゆっくりですが、以前に見たときよりも背が伸びて、話し方もしっかりしてきました。たくさんの経験を経《へ》て、素敵な思い出を積み重ね、魅力的な女性に成長してほしいと願ってやみません。

「ねえパパ、ちひろ、オレンジジュースも飲みたいな」

「ああ。好きなものを頼むといい」

はしゃぐ彼女を微笑《ほほえ》ましそうに見つめながら、要が声をかけました。

「ちひろちゃん、今日はどこに行ってきたの？」

「デパート！　おたんじょうびのプレゼントを買ってもらったんだ。お花のずかんとおようふく。お昼はオムライスだったよ」

彼女は隼介さんが持っていた紙袋の中から、花の図鑑と水色のワンピースを取り出しました。得意げな表情で、要と梅原くんに見せびらかします。

「よかったね。パパは優しかった？」

「うん！　みなとみらいのロープウェイにも乗ってきたんだよー」

まだ父親が恋しい年頃。隼介さんにはとてもなついていますし、限られた日にしか会えないことについては、さびしく思っているのかもしれません。父親と過ごす貴重な日々は、いずれ彼女が大人になっても、大事な記憶として輝き続けることでしょう。

だからいまは、少しでも多くの思い出を。

隼介さんと手をつなぎ、はずむような足どりで喫茶室に向かうちひろちゃんを、わたしたちはあたたかな眼差《まなざ》しで見送りました。

三泊目

真夜中の おもてなし

新緑がまぶしい五月のはじめ。

ゴールデンウイークに入ってから、ホテル猫番館《ねこばんかん》は連日、満室が続いていた。

「忙しくはあるけど、満室御礼って聞くと気合いが入りますよねー。たくさんの人に料理を食べてもらえるわけだし」

紗良《さら》が夕食に出すパンをつくっていると、同じく夕食の下ごしらえをしている早乙女《さおとめ》が言った。猫番館は小さなホテルのため、料理人はシェフの隼介《しゅんすけ》と彼しかいない。ほかにはアルバイトの調理助手を雇っており、それで対応できている。

この連休が終わっても、予約は六月末までいっぱいだ。五月の半ばからは薔薇《ばら》の季節を迎え、ひと月ほど見頃が続く。

山手《やまて》はもとより、猫番館にもささやかながら、手入れの行き届いたローズガーデンがある。夜にはライトアップもされるので、宿泊客は庭園を散策しながら、幻想的な光景に酔いしれることができるのだ。色とりどりの薔薇とかぐわしい芳香、そして庭園の美を楽しもうと、猫番館には常連から新規まで、多くのお客が来館する。

「スイートルームもいまの時季は、常連の争奪戦だもんなぁ。薔薇を見るためだけに、一年も前から予約する常連さんもいるじゃないですか。この時季のスイート、ひとりにつき一泊十万くらいかかるのにすごいですよね」

「……」

「オーナー発案の女子会プランのおかげで、閑散期《かんさん》の予約も増えたみたいだし。聞いたところによると、アフタヌーンティー付きっていうのが好評らしいですよ。女性は好きな人多いですもんね。さすがはオーナー」

「……」

「そうそう。話は変わりますけど、昨日うちのばあちゃんから美味《おい》しいマンゴーが送られてきたんですよ。ほら、俺の実家って宮崎にあるじゃないですか。直売所で安く買えたとかで、孫たちに送ってくれたんですよね。よかったらシェフも食べます？」

「――早乙女」

ようやく口を開いた隼介が、おしゃべりに夢中になる部下をねめつけた。

「手元がおろそかになっている。口より手を動かせ」

「あ、すみません。つい」

「単調な作業だからといって気を抜くな。……あと、マンゴーはぜひとも分けてほしい」

「了解でーす」

嬉《うれ》しそうに答えた早乙女は、アーティチョークの下処理を再開した。外側のガクを剝《む》き終えると、かたい部分を包丁でそぎ落とし、中の芯を出していく。

目が回りそうなほど忙しい日が続くと、気持ちもささくれ立ってしまう。ギスギスした厨房《ちゅうぼう》で料理をつくっても美味しくはならないし、宿泊客の心にも響かない。そんなときにムードメーカーの早乙女がいてくれると、厨房の雰囲気が自然となごやかになるのだ。彼の陽気でほんわかとした人柄がなせる業《わざ》だろう。

（天宮《あまみや》さんもそれをわかっているから、頭ごなしには叱《しか》らないものね）

調理台から離れた隼介は、コンロの火にかけてある鍋の様子を見に行った。

中に入っているのは、仔牛《こうし》の骨とすね肉、そして香味《こうみ》野菜。これらをじっくり煮込んで出汁《だし》をとれば、フランス料理には欠かせないフォン・ド・ヴォーができあがる。

隼介がつくるそれは一日では完成せず、八時間ほど煮出す作業を二日間続ける。とても手間のかかる作業だが、そのぶんコクが出て旨味《うまみ》が増し、深みのある味わいになるのだという。料理が美味しくなるのなら、隼介はあらゆる手間を惜しまない。

コンロの火加減を調整した隼介は、すぐに次の作業に入った。みじん切りにした玉ねぎを、フライパンで炒《いた》めていく。そこに赤ワインやニンニクなどの調味料を加えて煮詰めていけば、肉料理に使うソースができるはずだ。

周囲に玉ねぎの香ばしい匂いが広がって、紗良の嗅覚《きゅうかく》を刺激する。

（いい香り……。これはローストポークにかけるのよね？）

紗良は壁にかかっているホワイトボードに目をやった。

記されているメニューは二種類。スイートルームと一般客室では、夕食のメニューが異なるのだ。重複している料理もあるけれど、スイートルームは宿泊料金が高額のため、食材もそれに見合った高級品がふんだんに使われている。

どの部屋に泊まっても、食物アレルギーや食事療法については可能な限り対応する。事前に申し出があれば、誕生日や記念日などに特別なデザートを出しているし、上得意のお客になると、好みの食材をとり入れたオリジナルコースを提供することもあった。このコースを目当てに、定期的に宿泊してくれるお得意様も多い。

「今夜のスイートって、常連さんじゃないですよね。初来館ですか?」

下処理を終えたアーティチョークをレモン汁入りの水に漬け、早乙女が顔を上げた。変色しやすい野菜のため、しばらくこうしておくのだ。

ちらりと背後を見た隼介が、「ああ」と答える。

「はじめてだと聞いたな。結婚五十周年の記念だとかで」

「ベテランの夫婦じゃないですか。えーと、何婚式っていうんでしたっけ」

隼介は「さあ……?」と困ったように首をかしげた。男性はあまり興味がないのかもしれない。代わりに紗良が口を挟んだ。

「五十年は金婚式ですよ。ふたりで連れ添った年月は、黄金の輝きに等しいという意味があるとか」

早乙女は感心したようにうなずいた。

「へぇー……。銀婚式っていうのもよく聞くよね。あれは何年？」

「銀婚式は二十五年ですね。どちらにしても長い年月かと」

「結婚記念日といえば、支配人は今年で三十周年だって聞いたなぁ」

「真珠婚ですか。きっと素敵なお祝いを考えていらっしゃるんでしょうね」

「奥さんと旅行がてらに、記念日ツーリングをするとか言ってたけど。趣味友だから」

「そ、それはなかなかワイルドなお祝い方法ですね……」

黙って話を聞いていた隼介が、コンロの火を止めた。できあがったソースをフライパンから専用の容器に移していく。作業を終えてから、彼はふたたび会話に加わった。

「支配人から聞いた話によると、予約したのは三人のお子さんたちだそうだ。両親の結婚記念日を祝うために、資金を出し合ってスイートルームの宿泊券を贈りたいと」

「太っ腹ですねー。金婚式だし、それくらいはしたくなるのかな」

「奥さんは若いころから、和食よりもフレンチやイタリアンが好きだったらしい。でも二年前に糖尿病が発覚してからは、気軽に外食ができなくなって」

病気はまだ初期の段階だというが、悪化を防ぐためにも食事療法は重要だ。これまでのように好きなものを好きなだけ食べることができなくなり、母親は目に見えて落ちこんでしまったそうだ。

そんな母親をなぐさめるために、三人の子どもたちは猫番館の宿泊券をプレゼントすることを計画した。横浜《よこはま》で生まれ育った母親に、なつかしい故郷へ旅行させてあげたいという思いがあったからだという。数あるホテルの中から猫番館を選んだのは、母親好みの西洋館であり、食事療法にも細かく対応しているためだった。

食事に制限がかかっていても、好物のフレンチを美味しく食べてもらいたい。そこには母親に対する、子どもたちのあたたかい愛情がこもっている。

その気持ちに応《こた》えるために、隼介は予約を受けた三カ月前から準備をしていた。綾乃《あやの》オーナーに紹介された管理栄養士と相談し、カロリーや塩分をおさえつつ、満足してもらえるディナーコースを組み立てたのだ。

「それがこのメニューなんですね」

ホワイトボードに記されているのは、海藻《かいそう》と春野菜のサラダに、小松菜と豆乳のポタージュ。メインは真鯛《まだい》のトマト煮と、鹿児島産の黒豚《くろぶた》を使った、ローストポークのオニオンソースがけだ。デザートは完熟苺《いちご》のシャーベットで、さっぱりした後味に仕上げる。

油は極力使わず、生クリームは豆乳に置き換えた。海藻や小松菜、豚肉など糖尿病の人によいとされる食材もとり入れて、可能な限りの配慮をしている。

そしてもちろん、気をつけるのは料理だけではない。

「ああ、もう四時過ぎじゃないか。夕食の第一弾は五時半からだぞ。遅れたら許さん」

「大丈夫ですって。この俺が時間に間に合わなかったことなんてありますか？」

「いいからその口を閉じろ。以降は私語厳禁だ」

隼介と早乙女が仕事に戻ると、紗良も自分の仕事に集中する。

（あ、そろそろかな）

焙炉《ホイロ》に近づいた紗良は、最終発酵《はっこう》が終わったパン生地をとり出した。

バックコルプといわれる籐《とう》製のカゴに入ったこれは、ライ麦と小麦粉を混ぜてつくるドイツパン、ミッシュブロートである。ライ麦の割合が多いものはロッゲン、小麦粉の場合はヴァイツェンという名称をつけて区別しており、今回は前者の配合でつくった。

一般客の夕食にはバゲットを出すので、このパンはスイートルーム専用だ。

パンは基本的に糖質が多く、血糖値も上がりやすい。糖尿病の患者にはあまり向かない食品なのだ。それでもまったく食べてはいけないというわけではなく、ライ麦や全粒粉《ぜんりゅうふん》を使えば、血糖値の急上昇をおさえられる。

かといってライ麦一〇〇％のパンにしてしまうと、クセが強くて慣れていない人には食べにくい。そのため小麦粉を三〇％ほど配合し、ライ麦の風味を感じつつ、マイルドな味わいになるよう調整した。栄養や糖質を優先するあまり、食べる人が美味しく感じられないパンをつくるわけにはいかないのだ。

紗良は楕円形《だえん》のバックコルプを裏返し、慎重に生地を外に出した。側面にカゴの模様がついた生地に切れ目《クープ》を入れ、スチコン——スチームコンベクションオーブンで焼く。

ロッゲンミッシュブロートは、配合するライ麦の量が多ければ多いほど、色は黒く酸味も強くなっていく。クラムの気泡は細かく、食感も重くなり、酸味のある味わいはお酒やチーズなどによく合うだろう。

（さてと。次はバゲットの仕上げを……）

紗良がオーブンから離れようとしたときだった。出入り口からノックの音が聞こえたかと思うと、ドアが開いてひとりの女性が顔をのぞかせる。

「お忙しいところすみません。確認したいことがあるんですけど」

淡々《たんたん》とした声音《こわね》で話しかけてきたのは、事務員の泉蓉子《いずみようこ》だった。

経理も担《にな》う彼女がここまでやって来るということは、厨房スタッフの誰かが提出した書類に、なんらかの不備があったのだろう。

「悪いがちょっと手が離せない。早乙女か高瀬姪《たかせめい》が聞いておいてくれ」

「俺もいまはダメです。マヨネーズつくってるから」

隼介はフライパンを使っており、早乙女も一心不乱に泡立て器でボウルの中身をかき回している。どうやら動けるのは紗良だけのようだ。

「わかりました。わたしがうかがってきます」

紗良が厨房の外に出ると、そこには何枚かの書類を手にした泉が待ち構えていた。目線の高さは紗良と同じくらいだが、ヒールつきのパンプスを履《は》いているため、実際の身長は五センチほど低いだろう。水色のブラウスにチェック柄《がら》のベスト、膝《ひざ》丈のタイトスカートという、事務職用の制服に身を包んでいる。

年齢はおそらく、三十代の半ばくらい。同じ従業員寮で暮らしているが、彼女はほかの住人とあまり交流しないので、小夏《こなつ》のように親しくはなかった。会話も最低限だし、職場にいるときも、仕事に関する話くらいしかしたことがない。

それでも泉という人は、紗良にとってはあこがれの女性である。

仕事上、すっぴんにならざるを得ない紗良に対して、泉のメイクは完璧だった。決して濃すぎるわけではなく、さりげないのに美しい。本来の顔立ちを生かしつつ、さらにきれいに見えるよう、緻密《ちみつ》に計算されているのだ。かなりの技術の持ち主だといえる。

途中でお化粧直しをしたのだろう。もう十六時過ぎだというのに、ファンデーションは少しも崩れていないし、睫毛《まつげ》もしっかり上がっている。モカブラウンの髪は手入れが行き届いており、ゆるく波打つそれは後ろでひとつに結んでいたが、定期的に美容室に通っていることがうかがえた。その美意識の高さは見習いたい。

(ああ、爪まで素敵……)

磨きこまれた爪に塗られた、ピンクベージュのネイル。可愛《かわい》らしさの中に、落ち着いた大人の品格も感じる。羨望《せんぼう》の目で見ていると、「高瀬さん？」と声をかけられた。

「私の手に何かついてます？」

「いえ。泉さんのきれいな爪に見とれていただけです」

素直に答えると、彼女は面食らった表情で「そうですか」とだけ答えた。仕切り直すように咳《せき》払いをしてから、一枚目の書類に目を落とす。

「まずひとつ目。高瀬さん……あなたじゃなくて叔父さんのほうね。あの人が経費として計上した消耗品の中に、認められないものが多々あります。これとこれとこれとこれ」

「お、多いですね……」

「次は早乙女さん。焦っていたのかもしれないけれど、先月の業務報告書を下書きのまま提出するのはいただけません」

「そ、それは……」

自分が怒られているわけではないのだが、居たたまれない気持ちになってしまう。

「事前に話してもらえれば、少しくらい遅れても大目に見ます。だからきちんと清書したものを提出するよう言っておいてください。しかもこれ、字が汚くて何が書いてあるのかさっぱりなんですよ。こんなの意味ないでしょう」

「あああ、早乙女さんたら。ご迷惑をおかけして申しわけありません」

頭を下げた紗良は、書いた本人ですら解読できなさそうな文字の報告書を受けとった。

「それから天宮さんも一点……」

「ええっ！　まさか!?」

あの厳格な隼介がミスをするなんて、とてもではないが信じられない。

驚きに目を見開く紗良に対して、泉はまったく表情を変えることなく続けた。

「報告書にある先月のディナーコースですが、ここの原価計算が間違っています」

「あ、たしかに。天宮さんにしては初歩的なミスを……。このところ忙しかったから、疲れが出たのかもしれませんね」

書類から顔を上げた泉は、目の前の紗良を見据《みす》えた。

「そして最後に、あなたです。高瀬紗良さん」

「えっ……わたしまで何か粗相を？」

紗良はびくりと肩を震わせたが、それで追及の手をゆるめる相手ではない。

「もしかして、もう出したものだと思ってます？　あなたは業務報告書そのものを、まだ提出していませんよ。どこかにしまいこんだままなんじゃないですか？」

次の瞬間、頭の中に閃光《せんこう》が走った。

「ああっ！」

踵《きびす》を返した紗良は、あわてふためきながら厨房に戻った。

隅《すみ》にある事務用机に駆け寄ると、自分専用に使っている二段目の引き出しを開ける。大量の書類やノートの間に、提出したつもりの業務報告書が眠っていた。最近は多忙で書類を整理する気力がなく、至急のもの以外は連休後に手をつけようと思っていたのだ。

ふたたび廊下に出た紗良は、深々と頭を下げながら報告書を差し出した。

「大変申しわけありませんでした……。以後、気をつけます」

報告書を受けとった泉は、ざっと書面に目を通す。この期《ご》に及んで不備があったらどうしようかと思ったが、どうやら無事にクリアできたようだ。彼女は報告書をファイルの中に入れると、「用件は以上です」と言った。

「書類不備の件は、ほかの人たちにしっかり伝えておいてください」

「はい。明日までには直すよう言っておきます」

「よろしくお願いします。それでは」

用は終わったとばかりに、泉は紗良に背を向けた。そして背筋を伸ばしたまま、颯爽《さっそう》とした足どりで去っていったのだった。


事務室に戻りながら、泉は右手の爪をまじまじと見つめた。

(自分で塗ったにしては、いい感じに仕上がったわよね。発色もきれい)

はじめて試した新色だったが、我ながらなかなか上手に塗れたと思う。肌馴染《なじ》みがいいし、清潔感があって上品なところも気に入った。パソコンや書類を扱う仕事のため、爪を伸ばすことはできないけれど、手元が美しいと気分がいい。洗練された指先を見るたびにテンションが上がるし、仕事のやる気も湧いてくる。

『泉さんのきれいな爪に見とれていただけです』

さきほど話したパン職人の彼女の言葉を思い出し、自然と口元がゆるんだ。嘘《うそ》がつけない素直な子だから、本気でそう思ってくれたのだろう。泉がメイクやネイルに力を入れるのは自分のためだが、それに気づいて褒めてもらえるのは、やはり嬉しい。

（お礼、言いそびれちゃったな……）

あのとき、スマートに「ありがとう」と笑うことができていたら。

昔からそうなのだ。勉強や仕事の話なら気負いなくすることができるのに、プライベートになったとたんに緊張し、会話に詰まってしまう。つまらない人間だと思われるのが嫌で、交流することを避けた結果、すっかり人づき合いが苦手になってしまった。

従業員寮にはパン職人の彼女のほかに、ベルスタッフの女性も住んでいるのだが、どちらとも親しくはしていない。歳《とし》が離れているので話が合わなそうだし、接し方を間違えて嫌われたくもなかった。下手《へた》に近づかなければ何も起こらないのだから、寮の住人たちとはある程度の距離を保っておきたい。

泉がプライベートでも仲良くしているのは、大人になってから奇跡的にできた友人がひとりだけ。彼女がいればじゅうぶんだし、それ以上は望まない。

「おや泉さん、ちょうどよかった。いま事務室に行こうとしていたんですよ」

背後から声をかけられふり向くと、支配人が笑顔で近づいてくるところだった。

ロマンスグレーという言葉が似合う雰囲気の紳士だが、実は奥さんともども、熱心なバイク愛好家だ。以前、夫婦でツーリングに行ったときの写真を見せてもらったときは、仕事中とのギャップに驚いた。

「フロントとコンシェルジュデスクの備品で、なくなりそうなものをまとめました。お手数ですが、用意しておいていただけますか?」

「わかりました」

「一カ所にまとめておいてください。あとでとりに行きますので」

リストを受けとった泉は、支配人と別れて事務室に戻った。

泉が就業時間のほとんどを過ごす事務室は、オーナー室の隣にある。室内には四つのデスクと応接セットが置かれ、壁際には文具などの備品を保管するキャビネットや、書類棚が設置されていた。デスクは泉のほかに、週三勤務の事務パート、支配人とオーナーの息子がそれぞれ使用している。

今日はパートの女性が休みで、オーナーの息子も室内にはいない。キャビネットの鍵を開けた泉は、リストを見ながら備品を抜き出していった。残り少なくなっていたものはパソコンで発注をかけ、補充しておくのも忘れない。

(あ、そうだ。制服も返しておかないと)

従業員の制服やリネン類をクリーニングに出し、仕上がったものを返却するのも事務の仕事だ。ビニール袋に入った制服を所定の場所に置いた泉は、ふたたび事務室に戻って別の仕事にとりかかる。集中しているうちに時間が過ぎ、十七時になった。

「よし、終わり！」

パソコンで退勤の打刻をしてから、泉は意気揚々《ようよう》と立ち上がった。

自分の就業時間は、八時から十七時。始業ははやいが、通勤時間はほぼゼロなので支障はない。むしろ退勤してからの時間が長いほうが、泉にとってはありがたかった。のんびり買い物ができるし、カフェや居酒屋でゆっくり食事をとることもできる。

オーナーの息子は次から次へと仕事を見つけ、自分からすすんで残業をしているが、とてもではないが真似《まね》できない。このホテルには彼をはじめ、仕事に情熱をささげまくっている人が多いのだが、自分は勤務時間外の業務は行わない主義だ。

残業はしないけれど、やるべきことはきちんと行う。その日の仕事はその日のうちに終わらせて、自分の時間を大事にしたい。それが泉の生活スタイルなのだ。

「本日の営業は終了しました……っと」

パソコンの電源を落とした泉は、さわやかな気分で事務室をあとにした。

今日も就業時間内に、すべての仕事を終わらせることができた。たとえささやかでも達成感を積み重ねていけば、心の安定にもつながる。些細《ささい》なことで卑屈になりがちな性格なので、小さな成功でも自分を褒めるように意識していた。

（ああ……。いつものことながら、いい香り）

更衣室の手前には、厨房がある。そこから流れてくるパンの香りの、なんとかぐわしいことか。空腹を感じながら女性用の更衣室に入った泉は、自分のロッカーを開けて着替えはじめた。これから行くところがあるので、急がなければ。

着替えが終わり、ほどいた髪をブラシで梳《と》かしていたとき、出入り口のドアが開いた。

「あ、泉さん。お疲れ様でーす」

入ってきたのは、ベルスタッフの市川《いちかわ》小夏だった。

「お疲れ様です」

「おお！　その服、可愛いですね。もしかしてこれからお出かけですか？」

彼女の退勤時間は泉と同じなので、更衣室でよく会う。普段はこちらを気遣ってか、余計なおしゃべりはしないのだが、今日は挨拶《あいさつ》以外でも話しかけてくる。

「わかった。ずばり、彼氏とデートですね？」

「いえ、女性の友人です。彼女の家で夕飯を食べる約束をしていて」

「お友だちでしたか。いいなぁ。ホテル勤務って土日も出勤じゃないですか。土日休みの友だちとはなかなか予定が合わなくて。家になんてめったに遊びに行けませんよー」

うらやましげに言った彼女は、そこで話を切り上げた。ブラシをバッグの中にしまった泉は、鏡を見て軽くメイクを直してから、ロッカーの扉を閉める。

「それじゃ、お先に失礼します」

「いってらっしゃーい」

バッグを手に更衣室を出た泉は、従業員用の出入り口から外に出た。少し歩いて山手本通りに出れば、バスで桜木町《さくらぎちょう》駅まで行ける。

バス停で待っていたとき、スマホからメッセージの着信音が聞こえてきた。

これから会う友人だろうかと思ったが、相手は実家の母だった。夜に電話をしてもいいかというメッセージで、何時なら大丈夫かとたずねている。

(明日も仕事だし、十時までには帰っていると思うけど……)

どうにも気分が乗らないのは、話の内容にある程度の見当がつくからだ。

緊急の知らせならすぐに電話をしてくるはずだから、家族が倒れたとかではないのだろう。そうなると、やはり「あの件」としか思えない。

無視するわけにはいかず、泉は気が進まないながらも返事を打った。送信して間もなくバスが来たので、スマホをしまって乗りこむ。

――――とりあえず、いまは母のことは忘れよう。

泉は気を取り直して、座席に座った。友人が暮らす町は、バスや電車を乗り継いで四十分ほどかかる。途中で買い物をしたから、予定より少し遅くなってしまった。

（でも、夕飯にはちょうどいい時間かな）

オートロックのマンションなので、自分の来訪は一階のエントランスで告げていた。七〇二号室のインターホンを鳴らすと、応答のあとにドアが開く。ガチャリという音とともにあらわれたのは、Vネックのカットソーにジーンズ姿の女性だった。

「蓉子ちゃん、いらっしゃい！　待ってたわよ」

「差し入れを買っていたら遅くなっちゃった。これ、ワインとケーキね」

細長い紙袋とケーキボックスを見せると、彼女は嬉しそうに「ありがとう！」と笑う。

「ピザがさっき届いたところなの。蓉子ちゃんの好きなチキンもあるわよ。冷めないうちに食べましょう。さ、入って」

「お邪魔します」

玄関に入った泉は、靴を脱いで家に上がった。洗面所で手を洗わせてもらってから、廊下の奥にあるリビングに向かう。

「旦那《だんな》さん、何時ごろ帰ってくるの？」

「十一時近くになるんじゃない？　仕事はもっとはやくに終わるけど、夕飯がてらに飲みに行くって言ってたし。だから今日はゆっくりできるわよ」

「そっか。ケーキ、旦那さんのぶんもあるから、あとで出してあげてね」

彼女――後藤《ごとう》ありさの自宅には何度か招かれているが、あいかわらずお洒落《しゃれ》な部屋だと思う。インテリアの趣味はもちろん、その配置にもセンスがある。いつか寮を出るときは、このような部屋に移り住みたい。

ありさ本人も洗練されていて、彫りの深い顔立ちとスタイルのよさは、泉が逆立ちしてもかなわない。曾祖母《そう》がロシア人だったそうだから、それが関係しているのだろう。ありさは日本で生まれ育ったため、ロシア語は話せないのだが。

ローテーブルの上には、泉が好きなチェーン店の宅配ピザと、フライドチキンの箱が置いてあった。ありさは食器棚からグラスをとり出している。

「せっかくワインを持ってきてくれたんだから、とっておきを使わないとね」

彼女が持ってきたのは、見覚えのあるフルート型のペアグラスだった。記憶をたぐり寄せて思い出す。

「ありさちゃん。それ、私が結婚のお祝いに贈ったものでしょ」

「うふふ、ご名答」

「使ってもいいの？」

「いいのいいの。だっていま、旦那いないし。飾っておくのも悪くないけど、こういうものは使ってこそだと思わない？」

あっけらかんと笑いながら、ありさはふたつのグラスをテーブルに置いた。噴きこぼれを防ぐために布巾《ふきん》をかぶせ、慣れた手つきで開栓する。

ありさがスパークリングワインをグラスにそそいでいる間に、泉はピザとチキンの箱を開けた。生地の上でとろける濃厚なチーズ、そして揚げ物の香りが立ちのぼり、反射的にお腹《なか》が鳴ってしまう。

「それでは——乾杯！」

グラスを眼前にかかげてから、泉は香り高いワインに口をつけた。チーズがたっぷり使われた厚切りベーコンのピザも一切れ手にとり、豪快にかじる。

「うう、美味しい……！　ここのピザ久しぶり」

「専門店のピッツァもいいけど、たまにはこういうジャンクなピザも食べたくなるよね」

「チキンも最高……。やっぱりフライドチキンは骨ありに限るわ」

ワイングラスを片手に、泉とありさはこってりとした夕食を平らげていく。

（なんだか昔に戻ったみたいだわ）

美味しいものを食べながら、気の合う友人とおしゃべりに花を咲かせる。調子に乗って食べ過ぎてしまい、翌朝は胃もたれに苦しんだのも、いまではいい思い出だ。

泉がありさと出会ったのは、十年ほど前のこと。

当時二十五歳だった泉は、横浜市内の狭いアパートでひとり暮らしをしていた。そんなとき、五つ年上のありさが隣の部屋に引っ越してきたのだ。

しばらくは、顔を合わせれば挨拶をする程度のつき合いだった。交流が深まりはじめたのは、数カ月が経過してから。当時の泉は化粧品会社に勤めており、連日の激務とこじれた人間関係に疲弊《ひへい》して、いつもぐったりしていた。ストレスでろくな食事がとれず、ふらつきながらアパートの部屋に戻ろうとしたとき、ありさと鉢《はち》合わせたのだ。

『ちょっとあなた、どうしたの。顔色が悪いわよ』

心配そうに声をかけてきたありさは、自室に泉を招いて夕食をご馳走《ちそう》しながら、いろいろと話を聞いてくれた。世話好きの彼女は、その後もこちらの体を気遣い、栄養のある食べ物やお菓子をお裾《すそ》分けしてくれたのだ。

『何かあったらまた話して。愚痴《ぐち》り合ってストレス解消しましょ』

ありさは話し上手で、一緒にいると楽しかった。そして次第にお互いの部屋に遊びに行くようになり、友人と呼べる関係になったのだ。

泉が化粧品会社を退職し、ホテル猫番館に再就職したのが六年前。それを機にアパートを引き払い、従業員寮に移った。一方のありさは二年前に結婚し、夫婦でこのマンションを購入したのだ。お互いの生活は変わったが、友人関係は続いている。

けれどやはり、前と同じようにはいかないこともあって——

泉は壁際に設置されたリビングボードに、ちらりと視線を向けた。大事そうに飾られた写真立ての中で、ありさとその夫がおだやかに微笑《ほほえ》んでいる。品のよいウエディングドレスに身を包んだ花嫁は、輝くばかりに美しい。

学生時代に親しくしていた友人たちは、結婚や出産をきっかけに疎遠になった。

泉は独身なので、夫や子どもの話ばかりされても、さほど興味を持てない。はじめはなんとかついていこうとしたが、無理をしていることはすぐに伝わる。話の合わない相手になったとみなされ、連絡が途絶えてしまったのだ。

だからありさが結婚することを知ったとき、祝福しながらも不安になった。彼女も昔の友人たちのように、いずれは自分のもとから離れていってしまうのだろうかと。

しかしありさの態度は、以前となんら変わらなかった。それが嬉しい。

とはいえ結婚前のように、気ままに家に遊びに行ったり、泊まったりすることはもうできない。訪問する際は長居をしないよう気をつけて、手土産《てみやげ》にも気を遣う。ここは友人の家であると同時に、夫の家でもあるのだから。

(さびしいけど、ありさちゃんが幸せならそれでいいわ)

ピザとチキンを完食し、泉が持ってきたケーキを食べていたときだった。

「実はね。私、おととい猫番館に行ったのよ」

「えっ！　なんで？」

思いもよらない言葉に、泉は驚いて身を乗り出した。

「お客さんじゃなくて、仕事でね。今月の半ばに、貸し切りで一泊する予定の団体様がいるでしょ？　あれ、私の担当なのよ」

ありさは派遣会社に登録しているツアーコンダクターだ。団体旅行に添乗し、お客の世話を一手に引き受けている。面倒見のいい彼女にはぴったりの仕事だといえるだろう。

「打ち合わせは電話でもよかったんだけど、同じ市で近かったから、下見がてらに見学したのよ。事務室にも入ったけど、蓉子ちゃんはいなかったわね」

「おとといは公休日だったのよ」

「あ、やっぱり？　せっかくのお休みを邪魔するのも悪いし、連絡はしなかったの。それにしても猫番館って、思っていた以上に素敵なホテルだったわー」

ありさはうっとりした表情で続けた。

「写真で見たことはあったけど、実物の迫力と美しさは段違いね。団体様が泊まるころには薔薇もちょうど盛りだし、仕事といえどもすごく楽しみ」

「気に入ってもらえたのならよかった」

「あのホテル、喫茶室でパンも売っているでしょ？　ピロシキがあるかなーって期待したんだけど、なかったわ。それがちょっと残念」

苦笑したありさは、「でも」と続ける。

「あんな素敵なホテルなら、仕事のやる気も湧くわね。いつもは楽しむ余裕がなくて」

ツアーコンダクターはお客と同じホテルに泊まれるとはいえ、ゆっくりくつろいでいる暇はない。なんらかの要望があれば、できる限り応えなければならないし、トラブルを防ぐため、ホテル側とも連携する必要がある。揉め事の際は率先して解決に導き、遺恨がないようおさめなければならない。

事故や病気、事件といった不測の事態。チケットの手配ミスや、忘れ物。

海外では犯罪に巻きこまれる恐れがあるし、普段とは違う面が出てしまうので、人間関係も悪化しやすい。旅行にトラブルはつきものだ。そんなことが起こらないよう気をつけて、楽しい旅行をサポートするのが、ツアーコンダクターの仕事なのだ。

専門学校を卒業してから二十年。ありさは転職もせず、同じ業界で働いている。なんだかんだ言っても、いまの仕事が好きなのだろう。

「――あ、ちょっとおトイレ貸してくれる？」

「どうぞー」

立ち上がってリビングを出ようとしたときだった。リビングボードの上――写真立ての横に置いてあった薄い冊子が目に入る。何気なく文字を読みとり、それが賃貸情報を記したフリーペーパーだということに気がつくと、思わず手を伸ばしてしまった。

「ありさちゃん。これは……？」

マンションを買った彼女たちに、賃貸情報など不要では？　首をかしげる泉に、ありさが教えてくれる。

「実はうちの旦那、大阪支社に転勤が決まってね。三、四年で戻れるみたいだけど」

フリーペーパーをよく見れば、掲載されているのはたしかに大阪市内の物件だ。

「マンションもあるし、五年以内なら単身赴任でもいいよねって言ったのよ。そしたら旦那が私についてきてほしいって」

「！」

青天の霹靂《へきれき》。そんな言葉が頭に浮かんだ。まさかそんな話が進んでいたなんて。

フリーペーパーを持つ手に、ぎゅっと力が入ってしまう。

「ありさちゃんは……どうするつもりなの？」

「まだ考え中。もしついて行くことにしたら、この家は賃貸に出さないと。向こうの派遣会社に登録すれば、ツアコンの仕事も続けられるとは思うけど」

本当に悩んでいるのだろう。腕組みをしたありさは、困ったように眉を寄せる。

「子どもがいればまた違ってくるけど、うちはつくる予定もないしね。めったにワガママを言わない人だから、希望があるなら聞いてあげたいとも思うし……」

「……」

「まだ時間はあるし、ぎりぎりまで考えてみるわ。決まったらすぐに教えるから」

「うん、わかった」

泉はにっこり笑ったものの、心の中は複雑だった。

ありさの仕事に転勤はないのに、夫の都合で引っ越してしまうかもしれないのか。そう思うと、数回しか会ったことのない友人の夫が、とたんに憎らしくなってくる。彼は何も悪くないとはわかっていても。

また戻ってくるとしても、三、四年はやはり長い。行こうと思えば行けるが、ふたりで会う頻度《ひんど》は、これまでよりもさらに低くなってしまうだろう。メッセージはやりとりできるけれど、かつての友人たちのように、いつの間にか疎遠になってしまったら？

泉はありさに気づかれないよう、ぐっと奥歯を嚙《か》み締めた。

夫には単身赴任を受け入れてもらい、ありさはここに残ってほしい。しかし、そんな身勝手な本音を伝えられるはずもなく……。

親しい友人といえども、夫婦間の問題に、自分が口を出す権利などないのだから。

なんとも言えない疎外感とむなしさが、泉の全身を包みこんだ。


泉が寮に戻ったのは、二十一時半を少し過ぎたころだった。

寮内は土足厳禁なので、玄関で靴を脱ぐ。階段の横に共用の洗面所があるため、習慣で手洗いとうがいをした。パートの女性がいるとはいえ、事務職の要《かなめ》は自分なのだ。体調を崩して急に休むようなことがあってはならない。

二階に上がった泉は、自室の鍵を開けて中に入った。

「ただいまー」

室内に置いてあるのは、木製のベッドにクローゼット。折りたたみ式のテーブルと、家具屋で惚《ほ》れこみ、ボーナスをつぎこんで買い求めたドレッサーだ。

存在感のあるそれは、猫足が可愛らしいエレガントなデザインで、色は白。引き出しの取っ手は金色だ。少女趣味かもしれないが、自分で稼いだお金で心ときめくものを手に入れて何が悪い。どうせ自分しか見ないのだからと、思いきって購入した。

（ああ……いつ見ても素敵。気分が上がるわ）

このドレッサーのスツールに腰かけ、肌や髪の手入れをしたり、丁寧にメイクをしたりするのが、自分のひそかな楽しみだ。

お洒落なデザインの化粧品はつい集めたくなるのだが、物欲をなんとかおさえ、特に気に入ったものだけを大事に使っている。どうしても捨てられないボトルやケースは見える場所に飾り、うっとりながめるのは至福のひとときだ。

シャワーはあとで入ることにして、先に室内の洗面台でクレンジングを行った。メイクを落としてひと息ついたとき、予告通りに母から電話がかかってくる。

「もしもし」

『あ、蓉子。元気にしてた？』

「うん。風邪ひとつ引いてないよ。そっちは変わりない？」

母と他愛のない話をしながら、泉はベッドに腰を下ろした。

泉の実家は山形県にある米農家で、家業は長兄夫婦が継いでいる。年に何度か農産物が送られてくるのだが、ひとりで消費するには多すぎて、寮の住人にお裾分けをしていた。泉も残り物のパンやケーキを分けてもらうことがあるので、これで平等だ。

『ところで、マイちゃんって憶《おぼ》えてる？　親戚の』

「ええと……たしかおじいちゃんの弟の孫だったっけ」

『そうそう、その子。このまえ聞いたんだけど、先月に入籍したんですって』

「へえ、おめでたいね。……いや待って。マイちゃんっていくつ？　まだ若いでしょ」

『今年で二十四歳になるって聞いたわよ』

そんなに年下だったのか。どうりで子どものころの顔しか思い浮かばないはずだ。

実家は田舎にあるため、いまでも昔のような親戚づき合いが行われている。

冠婚葬祭があれば一族が顔をそろえるし、地元を離れた者の噂《うわさ》も、親戚たちの間では光の速さで回っている。もちろんそこには、自分の話も盛りこまれているのだろう。噂特有の立派な尾ひれや背びれをつけて。

母は事あるごとに、誰かの結婚や出産を、こうやっていちいち報告してくる。いまの泉とは接点のない人々なのに、なぜそんな話を持ち出すのか。理由はわかりきっている。

「お母さん、お見合いの話なら聞かないからね」

図星を指されたのだろう。母は一瞬だけ沈黙したが、すぐに話を再開させる。

『そんなこと言わずに、写真くらいは見てみたら？　いまおつき合いしてる人はいないんでしょ？　お見合いでも、実際に会ったら気に入るかもしれないわよ。会ったからってすぐに結婚しろってわけでもないんだし』

「その気がないのに会うなんて、先方に悪いでしょ」

ぴしゃりと返したが、母も慣れているのでひるまない。

『今回のお相手、職業は公務員ですって。安定感があっていいじゃない。年齢は四十二歳だから、離れすぎてるってこともないでしょ』

「だからそういう問題じゃなくて」

『あちらは再婚になるけど、子どもはいないから大丈夫よ』

何が大丈夫なのか知らないが、母は早口で言い切った。勢いで押し切ろうとしているようだが、どれだけ好条件の相手を紹介されても、こちらの気持ちは変わらない。

「何度でも言うけど、お見合いの話が来たら断って。相手が誰でも受ける気ないから」

『蓉子……。あなたね、いつまでそうやって独身でいるつもりなの？　まだ結婚するつもりがないからって断ってばかりいたら、誰も縁談なんて持ってこなくなるわよ』

むしろ、はやくそうなってほしい。泉は心の中でつぶやいた。

『そっちに行ってからろくに帰ってこないし、みんな心配してるのよ。お兄ちゃんたちはとっくに結婚して、子どもだっているのに』

心配するというよりは、責めるような口調ではないか。泉はむっとして言い返す。

「孫ならお兄ちゃんたちの子がいるし、もうじゅうぶんでしょ。このさいはっきり言っておくけど、私に結婚だの子どもだのは期待しないで。どっちにも興味ないから」

『自棄《やけ》になってどうするの。人より遅くなったとしても、あなただっていつかは』

「用件はそれだけ？　明日も仕事だし、そろそろ切るよ」

『待ちなさい。話はまだ――』

なおも不満そうな母を言いくるめ、泉はようやく通話を切った。

ベッドの上にあおむけになって、大きな息を吐く。

「は――……疲れた」

家族や親戚の人々は、大人になれば結婚し、子どもを儲《もう》けるのがあたりまえだと思っている。だから泉がいつまで経っても独身で、恋人がいないのにお見合いの話も受けないことが理解できないのだろう。

(第一、自棄になるって何？　結婚に興味ないことがそんなにおかしい？)

自分はそもそも、学生のころから結婚願望を持ち合わせてはいなかった。

彼氏ならともかく、夫がほしいと思ったことは一度もないし、子どもも然《しか》り。家庭を築くことに対してあこがれもなかったし、想像しても何も浮かばなかった。二十代のころは恋人がいたけれど、結婚を匂わされたとたんに冷めてしまった経験もある。

こういう人間もいるのに、母たちは泉のことを、婚期を逃した不幸な娘として扱う。それがとても腹立たしい。

母たちに悪気はないのだろう。けれど、いまは多様性の時代である。結婚が幸せにつながる人もいれば、それ以外の道――仕事や趣味に打ちこんだり、友人やペットの存在などから、人生の幸福を見出したりする人もいるのだ。どの道を選んで進むのかは、その人の自由。家族といえども、あれこれ言われる筋合いはない。

（また親戚たちに、いろいろ噂されるのかしら）

そう思うと気持ちが暗くなったが、くだらないことを気にしてもしかたがない。

体を起こした泉は、バスタオルと着替えを持ってシャワールームに向かった。お気に入りのシャンプーや石鹸《せっけん》で全身を洗っているうちに、ささくれ立った心が少し癒《いや》される。

熱いお湯を浴びてさっぱりすると、気分も浮上してきた。スウェットに着替えたとき、ベッドの上に置いてあったスマホが鳴る。ありさからのメッセージだ。

〈もう寮に着いた？　今日はありがとう！　また一緒にご飯食べようね〉

「………」

普段はすぐに言葉を返しているが、いまはなんとなくそんな気になれない。それでも無視することはできず、スタンプを送るにとどめる。

泉はドレッサーのスツールに腰を下ろし、ドライヤーで髪を乾かしはじめた。

（ありさちゃん、やっぱり旦那さんについて行っちゃうのかなー……）

数時間前の会話を思い出すと、胸の奥にもやもやとした気持ちが広がっていく。

泉は大学進学を機に、実家を出て上京した。

大学時代にメイクに目覚め、その奥深さにのめりこんだ泉は、都内の化粧品会社に就職した。美容部員として百貨店で働き、ありさと知り合ったのもそのころだ。販売ノルマがきつく、未達成のときは肩身が狭かったが、仕事が好きだったから頑張れた。

しかし数年後、他店からやって来た女性の上司とそりが合わず、心労から体調を崩してしまった。医者にも少し休んだほうがいいと言われ、やむなく退職したのだ。

猫番館に再就職したのは、たまたま目にした求人票に情報が載っていたから。

募集していたのは事務だったが、未経験も可と書いてあったし、給料も悪くない。美容部員はもうやる気になれなかったし、裏方の仕事なら目立たなくていいのではないかと考え、履歴書を送った。

そしてオーナーと支配人の面接を受け、無事に採用が決まったのだった。

『ここからだとちょっと遠いし、お金も貯めたいから、従業員寮に入ることにしたの』

ありさに引っ越すことを告げたとき、彼女はさびしがりながらも納得してくれた。

実のところ、猫番館はアパートからでも通える距離ではあった。友人と離れてでも寮に移ることを選んだのは、本腰を入れて貯金にはげもうと思ったからだ。

結婚をせず、今後もひとりで生きていくのなら、先立つものが必要だ。

だから家賃がほとんどかからない寮は、非常に魅力的だった。

シェアハウスのような構造には戸惑《とまど》ったが、家賃はそれまで住んでいたアパートよりもはるかに安い。あまり切り詰めすぎてもわびしいので、好きな化粧品やヘアサロン代などは確保しながら、着々と貯金を増やしている。

ある程度の金額が貯まってからは、資産運用もはじめてみた。そちらもいまのところは順調で、年間の貯蓄額は、目標をやや上回るペースで推移している。このぶんなら、十年以内に野望が達成できるだろう。

貯蓄を頭金にして、ペット可のマンションを購入する。それが泉の野望だ。

小さくても中古でもいい。自分のお城を手に入れて、好きなものに囲まれながら暮らすのだ。どこかで仔猫を引きとって、一緒に住むことにもあこがれる。

そしてときどき、ありさが遊びに来てくれたら、ほかには何も望まない。

母たちには理解できないかもしれないけれど、それこそ泉が思い描く、理想の生活なのだ。そのために仕事を頑張っているし、これからも働き続けるつもりでいる。

ありさと出会わなかったら、自分は仕事と人間関係のストレスに押しつぶされて、いまでも浮上できずにいたかもしれない。こうして元気でいられるのは、彼女のおかげだ。

(ああ、そうか。だからさっき、旦那さんに嫉妬《しっと》しちゃったんだな)

自分にとってのありさは、たったひとりの大事な親友。引っ越しで疎遠になることを恐れるあまり、彼女を遠くに連れていこうとする夫に、理不尽な怒りを向けてしまった。お互いに大切だと思っているなら、離れても縁が切れることはないはずなのに。

いまは意味なく拗《す》ねるより、彼女のためになるようなことをしたほうがよほどいい。

(ありさちゃんのためにできること……)

ドライヤーを置いた泉は、あれこれ考えはじめた。


それから十日ほどが経過した、五月の中旬。

遅めの朝食をとり、少しだけ横になろうとベッドに入ったら、目が覚めたときには十四時を過ぎていた。空腹を覚えた紗良は、もぞもぞと布団の中から抜け出す。

(五時間も寝ていたなんて……。春ってどうしてこんなに眠いの)

ゆうべはパンの専門書を読みながら夜更《よふ》かしをしていたため、寝不足だったのだ。

寝起きでぼんやりしていたので、紗良は冷たい水で顔を洗った。頭をすっきりさせてから、自室を出る。とりあえず、キッチンにあるもので昼食をつくろう。

（今日が公休なのは、わたしと泉さんだけだったよね）

リビングのドアを開け、奥のキッチンに向かおうとしたときだった。ダイニングテーブルの上に置いてあった、一冊の本が目に留まる。興味を引かれて近づいた紗良は、何かの料理の写真が表紙になっている、Ｂ５サイズの本を手にとった。

「ロシア料理……？」

隼介か早乙女の本かと思ったが、朝は置いていなかった。

ということは、泉の持ち物だろうか？　ロシア料理に関心があるとは意外だけれど。

勝手に悪いと思いながらも、どうしても気になってしまい、誘惑に負けて中を開いた。

そこにはボルシチやビーフストロガノフといった有名なものから、はじめて名前を聞くようなものまで、さまざまなロシア料理のつくり方が紹介されている。ビーツやサワークリームなど、あまり馴染みのない食材を使った料理が多く、実に興味深い。

（あ、ピロシキもある。しかも二種類のレシピつき）

夢中になってページをめくっていると、お腹がせつない音を奏でた。

もっとじっくり読んでみたかったが、まずは腹ごしらえをしなければ。紗良は料理本を元通りにテーブルの上に置き、キッチンに入った。

中途半端な時間だし、夕食のことも考えて、いまは軽く済ませよう。

冷凍庫には、一膳ごとにストックされたご飯があった。お米は泉の実家から送られてくるものを、ありがたく分けてもらっている。つやつやでとても美味しいお米だ。

一食分をレンジで解凍した紗良は、市販の出汁と梅干し、小ネギを使ってお茶漬けをつくった。完成した出汁茶漬けをすすっていると、玄関の扉が開く音が聞こえてくる。ややあってリビングのドアが開き、泉が中に入ってきた。

「お帰りなさい。冷凍庫のご飯、いただいています」

「あ、そ、そうですか……」

近所に買い物にでも行ってきたのか、泉はいつもよりもラフな格好だった。お化粧も最低限で、コンタクトではなく眼鏡をかけている。肩掛けにした布製のエコバッグは、ぱんぱんにふくらんでいて重たそうだ。

「高瀬さんもお休みだったの？」

「はい。部屋で寝ていたらこんな時間になっちゃって」

泉は紗良がリビングにいることに対して、なぜか動揺していた。そしてダイニングテーブルの料理本に気がつくと、彼女らしからぬあわてた様子で駆け寄る。そこまでうろたえなくてもいいのにと思ったが、他人に見られたくなかったものなのかもしれない。それなのに勝手に中を見てしまい、申しわけなくなった。

「置きっぱなしにしていてすみません」

「いえ……。泉さん、ロシア料理に興味がおありなんですか？」

「興味というか、その……。つくってみたい料理のレシピが載っていたので」

料理本を胸にかかえた泉は、そそくさとキッチンに入っていった。買ってきたものを冷蔵庫にしまっているのか、物音が聞こえてくる。

（もしかして、さっきの本に載っていたお料理をつくるのかな）

休みの日に時間をかけて凝《こ》った料理をつくるのは、よくあること。そうだとしたら、いつまでもリビングに居座っていては邪魔だろう。紗良は急いでお茶漬けを平らげ、キッチンの流しで食器を洗った。

ちらりとリビングのほうを見ると、泉はソファに座ってワイドショーを観ていた。こちらの動向を気にしているのか、そわそわしている。集中していないことが丸わかりだ。

布巾で拭いた食器を棚に戻した紗良は、「泉さん」と声をかけた。

「後片づけも終わったので、部屋に戻りますね」

紗良は彼女に会釈《えしゃく》をしてから、リビングを出た。これで気が散ることなく、ゆっくり料理を楽しむことができるはず。

そう思ったのだが――

「高瀬さん！」

階段をのぼろうとしていた紗良は、驚いてふり向く。

そこには泉が立っていた。彼女は少しためらってから、遠慮がちに口を開く。

「あの……。実は、ちょっとお願いしたいことがあって――」


髪をまとめてエプロンをつけた紗良は、泉から拝借した料理本のページを開いた。

「それでは、さっそくはじめましょう。材料はそろっていますか？」

「はい。さっきスーパーで買ってきました」

紗良と似たような格好をした泉が、作業スペースの上に材料を置いていく。

強力粉にバター、牛ひき肉と玉ねぎ、そしてドライイースト。卵と牛乳、各種調味料は寮の住人がお金を出し合って購入しているので、それを使うことにする。

「まずは計量から。レシピに忠実に、正確にはかるのが成功の秘訣です」

泉は紗良の指示通りに、計量カップやスプーン、デジタルスケールを使ってはかっていく。下準備が終わると、ボウルに強力粉をはじめとする材料を投入した。それらをゴムベラで混ぜ合わせる。

「生地がまとまったら、やわらかくしたバターを加えて、今度は手ごねをしていきます」

「こ……こんな感じ?」

「もう少し優しくても大丈夫ですよ。見本をお見せしましょうか」

「ええ、ぜひ」

力加減に苦戦している泉の参考になればと、紗良が生地をこねてみせる。彼女は感心したような表情で、「やっぱりプロは違うわ」とつぶやいた。

真剣な顔で生地を練り上げていく泉の姿を、紗良は微笑ましい気持ちで見守った。

(普段はクールな泉さんが、こんなに一生懸命になるなんて)

『高瀬さん。あの、ピロシキをつくりたいんですけど、手伝っていただけませんか?』

泉はロシア料理の本を手に、そんな頼み事をしてきた。

『ピロシキですか』

『私が手づくりしたものを、差し入れしたい人がいるんです』

今日はホテルを貸し切りにして、北関東から来た二十五名の団体客が宿泊する。シニアクラブの慰安《いあん》旅行で、泉の友人が添乗しているのだという。

旅行は毎年あり、温泉街の旅館が定番らしい。しかし今年は参加者の希望により、洋風のホテルに泊まることになった。参加者は足腰が丈夫な女性が多く、車椅子《いす》の老婦人にはヘルパーが付き添う。老婦人は猫番館のローズガーデンを楽しみにしていると聞いたので、優雅なひとときを過ごしてもらいたい。

食事に添えるパンは、昨日のうちに仕込んで冷凍しておいた。夕食は、シェフの隼介が得意にしている和風フレンチのコース。温泉はないけれど、細やかなサービスと趣向を凝らした食事でおもてなしをすれば、きっと気に入ってもらえると思う。

団体客を乗せたバスは、予定通りならすでに到着している。泉の友人も館内に入っているだろう。

『だいぶ前に亡くなったそうですが、友人の曾祖母がロシアの方で。生きていたころはよく、お手製のピロシキをご馳走してもらっていたとか。そんな思い出があるから、いまでも好物なんです。パン屋で見かけたら必ず買っているみたいで』

『そうだったんですか……。猫番館には売っていなくてすみません』

『高瀬さんがあやまることないですよ。あんパンやクロワッサンみたいな定番品じゃないですからね』

パンをつくったことがないという泉は、紗良の手伝いがあれば、失敗はしないはずだと考えた。しかし、実は紗良もピロシキにはあまり詳しくない。師匠のベーカリーでも取り扱っていなかったし、専門学校時代に実習で製作したことがあるくらいだ。

『友人曰《いわ》く、お客さんたちが客室に引き揚げても、自分の仕事は終わらないそうです』

『というと？』

『翌朝までに、やることがたくさんあるんです。次の日の予定を確認したり、報告書の下書きをしたり。体調が悪い人がいたら、そのフォローも考えて。観光スポットに行くときは、ガイドができるようにいろいろ調べたりもするみたいですね。いつも夜中まで起きていて小腹がすくから、持参したお菓子をつまみつつ』

『大変なお仕事なんですね……』

『だから応援の意味をこめて、彼女が好きなピロシキを差し入れしたくて』

泉が友人を思う気持ちに、紗良は胸を打たれた。そして少しでも役に立てればと、料理本を参考にして、彼女と一緒にピロシキをつくりはじめたのだった。

「生地がまとまりましたけど……。こんな感じでいいのかしら」

「はい。ちゃんと表面がなめらかになっていますね。次はこれを発酵させて――」

キッチンのオーブンには発酵機能がついているので、設定をしてしばらく待つ。

その間に、中に詰める具材をつくった。ピロシキは日本における、おにぎりのような存在らしい。具材のバリエーションも豊富にあるが、今回はシンプルに、牛ひき肉と玉ねぎのみじん切りを炒めたものを詰めることにする。

やがて生地がふくらむと、分割して丸め、麺棒《めんぼう》で伸ばしていった。具材を包んで半月型に成形し、端の部分をつまんでねじりながら閉じていく。

日本で販売しているピロシキは、油で揚げたものが多いのだが、ロシアにはオーブンで焼くタイプもある。今回は夜食なので、脂《あぶら》っこくないほうがいいだろう。

紗良と泉は天板にオーブンシートを敷き、成形済みのピロシキを並べていった。仕上げ発酵をしてから溶き卵を塗り、オーブンに入れる。

やがてキッチンにパンが焼ける香りが充満し、泉が大きく深呼吸をした。

「いい匂い……」

「この香りを嗅《か》ぐときが、パンづくりで一番幸せな瞬間かもしれませんね」

ピロシキが焼き上がると、粗熱《あらねつ》をとってから味見をしてみた。

溶き卵のおかげで、表面はつややか。ほどよい焼き色がついたパンの中には、ジューシーな具材がたっぷり詰まっている。ふんわりしたパンを豪快に頬張れば、肉汁がじわりとにじみ出た。玉ねぎの旨味と混ざり合って、コクのある味わいを生み出している。

「うん、美味しい！　これなら彼女も気に入ってくれそう」

表情をほころばせた泉は、紗良に向けて頭を下げた。

「高瀬さん。急なお願いだったのに、聞いてくれてありがとうございます」

「こちらこそ、馴染みがなかったパンをつくることができて、今回はとても勉強になりました。次はほかの具材を包んだピロシキも試してみたいですね」

「何かお礼をしたいんですけど……」

気にしないでくださいと言いかけた紗良は、少し考えてから答えた。

「そういうことなら、近いうちにメイクをご教授いただけませんか？　泉さんのお化粧、いつも素敵であこがれていたんです」

目をぱちくりとさせた泉は、ややあって「よろこんで」と微笑む。

少し遠かった彼女との距離が、ようやく縮んだ瞬間だった。


それから数時間が経過した、二十三時過ぎ。

紗良と一緒につくったピロシキを容器に入れ、泉は静かに従業員寮を出た。庭園灯に照らされた小道を通ってホテルに向かう。

（ありさちゃん、やっぱり忙しそうだったわね……）

仕事を終えて寮に戻ってきたオーナーの息子が、彼女の様子を教えてくれた。

ありさは常にホテルのスタッフと連携をとり、お客の要望に応えながら、館内をせわしなく行き来していたそうだ。腰に湿布《しっぷ》を貼ってほしいと言われたら飛んでいき、持参のお菓子を食べすぎて、お腹が苦しいと訴える人がいれば、胃薬を持って駆けつける。くつろいでいる暇などまったくない。

『それでもにこやかに対応されていましたから、さすがですね。俺もサービス業だからわかりますけど、思った以上に神経がすり減るんですよ。とはいえ、お客様に疲れた顔なんて見せたらいけない。どんなときでも笑顔で接してこそプロですから』

従業員用の出入り口にたどり着いた泉は、ロックを開けて中に入った。

館内は静まり返っている。今夜は高齢のお客が多いから、もう眠っているのかもしれない。スタッフ専用のエリアは薄暗く、非常灯のような明かりのみがついている。厨房も無人で、しんとしていた。

いつもは夕方で上がっているから、夜中のホテルは新鮮だ。ありさと支配人に来館の連絡を入れているとはいえ、なんだかいけないことをしているような気分になる。

廊下を抜けてロビーに出ると、フロントには夜勤中の支配人がいた。こちらの姿に気がつくと、優しく微笑みながら迎えてくれる。

「お疲れ様です。夜分遅くに申しわけありません」

「お気になさらず。ご友人もきっとよろこんでくださるでしょう」

ぺこりと頭を下げた泉は、ロビーを通り抜けて客室のエリアに向かった。一〇五号室のドアをノックして声をかけると、げっそりした表情の友人があらわれる。

「蓉子ちゃん、いらっしゃい。どうぞ入って」

予想を超えた疲労ぶりに驚きながら、泉は客室に足を踏み入れた。

室内はシングルルームで、ベッドはまだ使っていないのか、まったく乱れていない。書き物用の机で仕事をしていたようで、小型のノートパソコンが広げられている。今日はもう人前には出ないはずなのに、ありさは紺《こん》色のパンツスーツを着たままだ。

「まだ着替えてないの？」

「うん。着替えたりお風呂に入ったりしたら、その時点で気が抜けちゃうから。仕事が終わるまでは、気を引き締めるためにもこうしているのよ」

「大変なのね……」

「いつものことだから大丈夫。いまは明日の予定を確認していて」

「どこに行くの？」

「今回は薔薇の名所をめぐる旅だから、まずは近くにある港の見える丘公園ね。それから山下《やました》公園に行って、中華街で昼食。最後に元町《もとまち》商店街でぶらぶらして、帰路につくって流れかな。女性に人気のプランよ」

容器から出したピロシキを差し入れすると、ありさは子どものように両目を輝かせた。

「蓉子ちゃんがつくってくれたの？　ありがとう。すごく嬉しい！」

「うちのパン職人さんに手伝ってもらってね」

「実はお腹がぺこぺこだったの。さっそくいただいてもいい？」

ピロシキをひとつ手にとったありさは、大きく口を開けてかぶりついた。

「ああ、この味！　ひいおばあちゃんのピロシキも、揚げたものじゃなくてオーブンで焼いていたのよ。派手じゃないけど、素朴《そぼく》で優しい味わいで。なつかしいわー……」

彼女があまりにも美味しそうに食べるから、泉までお腹がすいてきた。物欲しげな表情に気づいたありさが、「蓉子ちゃんも一緒に食べましょうよ」とすすめてくれる。誘惑にあらがえず、泉はきつね色のピロシキに手を伸ばした。

「やっぱり美味しい。揚げてないからヘルシーだし、いくらでも食べられそう」

「夜食ってどうしてこう、背徳感があるのに魅力的なのかしらね」

ありさは幸せそうに顔をほころばせた。少しでも疲れが癒せたのなら嬉しい。

「次は仕事じゃなくて、プライベートでいらっしゃいよ。旦那さんを誘って」

「それもいいわね。でもあの人、薔薇とか洋館には興味がないのよ。こんなに素敵なホテルなら、私は蓉子ちゃんと一緒に泊まりたいわ」

気の合う友人同士で過ごすひとときは、時間を忘れるほどに楽しい。

背徳的な夜食に舌鼓《したつづみ》を打っていると、ありさが居ずまいを正し、口を開いた。

「蓉子ちゃん。私、やっぱり旦那の転勤について行くことにしたの」

予想はしていたので、泉は冷静に彼女の言葉を受け止めた。視線で続きをうながす。

「なんだかんだ言っても、私も旦那と離れて暮らすのは嫌なのよね。ずっと向こうに住むわけでもないし、行ってみてもいいかなって」

ありさが夫のことをどれだけ愛しているのかは、泉もよく知っている。だからといって夫だけが大事なわけではなく、泉のことも同じくらい大切に思ってくれているのだ。そんな友人と出会えたことを、心から嬉しく思う。

泉はおだやかに微笑んだ。さびしくはあるけれど、それが彼女の選んだことなら応援しよう。自分たちの関係は、少し離れたくらいで壊れるようなものではないはずだ。

「大阪に引っ越したら、おうちに遊びに行ってもいいかしら」

「もちろんよ！　ぜひ来てちょうだい。それまでにガイドができるように勉強しておかないとね。美味しいものもたくさんあるから、一緒に食べ歩きましょう」

これからありさとつくり上げていく思い出は、どのようなものになるのだろう。

どうか楽しいものであるようにと、泉は心の中で願った。

Tea Time

三杯目

今年もホテル猫番館《ねこばんかん》に、美しい季節が到来しました。

五月の半ばになると、ホテル自慢のローズガーデンは薔薇《ばら》の見頃を迎えます。

高貴な女王として君臨する紅《べに》薔薇に、高潔で純真な聖女を思わせる純白の薔薇。ほかにもピンクや紫、オレンジに黄色、アプリコットにブラウンなど、色とりどりの花が競うようにして咲き誇っています。花びらの種類も、色の濃淡もそれぞれ。どの薔薇も、自分が一番魅力的だと信じて咲いているに違いありません。

愛らしい蔓《つる》薔薇が絡んだアーチをくぐれば、そこはもう夢の世界。

上品でかぐわしい芳香を放つ薔薇に囲まれていると、自分が花の妖精になったような気分に浸ることができるでしょう。この季節はぜひ当館にお泊まりになって、幻想的にライトアップされた夜の庭園と併せて楽しんでいただければと思います。

そんな輝かしい五月の、ある日の午後。

いつもよりはやい時間に仕事が終わったため、わたしは寮に戻る前に、ローズガーデンを散歩していくことにしました。

普段は十七時までロビーでお客様をお待ちしているのですが、今日は団体様の貸し切りなので、チェックインが一度で済んだのです。お客様はご高齢の女性が多く、あちこち観光するよりも、ホテルでのんびり過ごすほうがよいのでしょう。

何人かのお客様は、わたしと同じく薔薇を見に来ており、香りを嗅《か》いだり写真を撮ったりしています。自慢の尻尾を揺らしながら、軽やかな足どりで歩くわたしに注目する方々も少なくありません。

「あら、見てよ。フロントにいた猫ちゃんだわ」

「まぁ可愛《かわい》い。きれいな毛並みだこと」

「目の色も違うのね。宝石みたい」

お客様方の賞賛の声は、何度聞いても気持ちがよいもの。晴れやかな気分で歩いていたとき、行く手に一台の車椅子《いす》が停まっていることに気がつきました。チェックインの際にひとりだけいらした、足が不自由な老婦人です。

老婦人の膝《ひざ》の上では、一匹の三毛猫が体を丸めていました。ホテルの敷地内を縄張りにしている野良猫で、「瑠璃《るり》」と名乗っています。

車椅子に近づいていくと、気配を察した瑠璃さんが目を開けました。彼女の両目はよくある緑色で、体毛にも瑠璃色の要素は見当たりません。

わたしより少し年上の彼女は、仔猫のころ、ホテルの中に迷いこんでしまったことがあるそうです。そのときに踊り場にあるステンドグラスを見て、いたく感動したとか。

踊り場には二枚のステンドグラスがあり、それぞれ赤と青の薔薇がモチーフになっています。青い薔薇のほうに、彼女の心は強く惹《ひ》きつけられました。その薔薇を「瑠璃色」と表現したのが、いまは亡き先代の看板猫だったそうです。自分の名前につけるくらいですから、よほど忘れられない出来事だったに違いありません。

『こんにちは、マダム。いいお天気ねえ』

瑠璃さんはおっとりとした口調で言いました。彼女は血気盛んなほかの野良猫たちとは異なり、上品でおだやかな性格で、わたしとも気が合うのです。

『瑠璃さん、ごきげんよう。こっちにいるなんてめずらしいわね』

『ちょっと通り抜けようとしただけなんだけど、こちらのおばあさまにお会いしてね』

シーズンオフの間、野良猫たちはこのあたりでくつろぐことが多いのです。薔薇が咲きはじめると人が集まるため、別の場所に移ります。そのため、この時季にローズガーデンにいる猫は、わたしだけになるのですが……。

『この方、猫がとてもお好きみたいなの。よかったらマダムもさわらせてあげて』

気立てがよく、優しい彼女らしい言葉です。わたしが『わかったわ』と答えたとき、老婦人が車椅子の後ろにいるヘルパーの女性と話しはじめました。

「この白い子、さっきフロントにいたわね」

「ホテルの看板猫ですよ。人なつこくておとなしいそうですし、抱いても大丈夫かしら」

『ええ、もちろんかまいませんとも。お客様がよろこんでくださるのなら』

言葉が通じないので、わたしは女性の足下にすり寄って意思表示をしました。

地面に膝をついた女性は、おそるおそる両手を伸ばしました。わたしがその腕の中におさまると、しっかり抱いてから老婦人に近づけます。メインクーンは大柄で体重もあるため、瑠璃さんのように膝に乗せると負担になってしまうのでしょう。

「どうぞさわってみてください。ふわふわですよー」

「まあ、ほんとに。やわらかいわねえ」

肉の薄い手が、毛並みを優しく撫《な》でていきます。満足していただけたでしょうか？

薔薇だけではなく、その美しさに匹敵する猫も愛《め》でることができる。それが猫番館に宿泊されるお客様の特権なのです。

四泊目

幻の
フォトグラファー

「要《かなめ》、きみに返しておきたいものがある」

養父の宗一郎《そういちろう》から「それ」を渡されたのは、いまから九年前のこと。要が十八歳の誕生日を迎えたときだった。

「これまで僕があずかっていたけれど、そろそろいい頃合いだと思ってね。息子であるきみが持っていたほうが、亡くなった彼もよろこぶだろう。形見として大事にしなさい」

そんな言葉とともに受けとったのは、ずっしりとした重みのある一眼レフ。

カメラというものに興味が湧いたのは、その瞬間からだった。

大学に入って、三年目の春。

四限目の講義が終わり、テキストやノートをリュックの中にしまっていたとき、背後から「本城《ほんじょう》！」と呼びかけられた。

ふり向くと、階段状になった教室の後ろのほうにいた男子学生がふたり、こちらに近づいてくる。どちらも要と同じ観光学科に在籍しており、一年次からのつき合いだ。大学の外でも会うような仲ではなかったが、顔を合わせたときには雑談をしたり、学食で一緒に昼食をとったりするくらいには親しくしている。

「なあ、今夜ヒマ？」

「六時から駅ビルの居酒屋で合コンがあるんだけど、本城も行かないか？」

要はペンケースに筆記具を戻しながら、にやりと笑った。からかうような口調で言う。

「めずらしいこともあるんだな。いつもは仲間はずれで、誘ってすらくれないのに」

「合コンなんて行かなくても、おまえには勝手に女が寄ってくるだろうが」

「じゃあ今回はどうして？」

「最初に約束してた奴、急にバイトが入っちゃってさ。面子《めんつ》がひとり足りないんだよ。頭数がそろうなら、このさい誰が来てもいい」

なんとしてでも合コンに参加させたいのか、彼らは要の肩に手を回した。スマホに保存された写真をどうだと言わんばかりに見せながら、ふたたび誘いをかけてくる。

「これが今回のお相手だ。可愛《かわい》い子ぞろいだろ。俺たちと同い年で、女子大のゼミ仲間なんだってさ。こんな絶好の機会を逃すわけにはいかない！」

「本城、彼女とは別れたって言ってたよな？　新しい出会いのチャンスだぞ」

たしかに彼の言う通り、つき合っていた別学科の彼女とは、春休みになる少し前に別れた。いまはフリーだし、合コンに行っても気兼ねするような相手はいない。しかし、要は苦笑しながら口を開いた。

「悪いけど、今夜はバイトがあるんだ」

「げっ。マジかよ」

「ほかの奴を誘えばいいだろ。ひとりくらいなら見つかるって」

自分の肩を抱く手をやんわりとほどいた要は、椅子《いす》から立ち上がった。リュックを左肩にかけ、友人たちの間をすり抜ける。

「じゃ、そういうことで」

講義室をあとにした要は階段を下り、建物の外に出た。

バイトの日なのは事実だったが、まだ少し時間がある。要は正門ではなく、グラウンドの隣にあるクラブハウス棟に向かった。建物の中には部活やサークル用の部室がずらりと並んでいて、講義の空き時間はここで過ごす学生も多い。

時刻は十六時半を回っていたが、五月なのでまだまだ明るい。グラウンドでは、サッカー部やラグビー部が練習を行っていた。フェンスの向こうにあるテニスコートからは、軽快なラリーの音が聞こえてくる。前方から鬼気迫った顔で近づいてくる、ジャージ姿の屈強な男たちは、果たして何部なのだろう。

ランニング中の彼らは、要をちらりとも見ることなく通り過ぎていった。

(毎日毎日、よくやるなぁ。あんなに動いて疲れないのか?)

あの中には、子どものころから同じスポーツを続けている人も多いのだろう。何事も長続きしない自分には、まぶしく見える存在だ。

小学生のときはサッカーをやっていたが、中学に上がるころには飽きてしまった。それ以降はスポーツに興味が湧かず、中学では演劇部、高校では弁論部と英会話部をかけもちしていた。自分は口が上手《うま》いとよく言われるが、話術といえるようなものは、中高生時代の部活動で磨かれたのかもしれない。

運動部の活動を横目に、要はクラブハウス棟の中に入った。

二階に上がり、廊下の奥にある写真サークルの部室に向かっていたときだった。手前のドアが開き、ひとりの女子学生が外に出てくる。

こちらに気づいた彼女は、ほんの一瞬、目を見開いた。しかしすぐに視線をそらし、何事もなかったかのように歩き出す。要とすれ違っても言葉はなく、ややあって階段を下りていく音が聞こえてきた。

――別れた男には、もう用はないというわけか。

学科もサークルも違ったが、部室が近いので、彼女とは一年のころから顔を合わせていた。交際を申しこんできたのも、別れを切り出したのも彼女のほう。同じ経緯をたどった相手は、これで何人目になるだろうか。

これまでつき合ってきた女性の数は、同年代の中では多いほうだと思う。しかし、問題なのは誰とも長続きしないということだった。

さきほどの彼女とはめずらしく、一年近く続いていたのに、向こうの熱が冷めるという形であっけなく終わった。恋人ができれば相手のことは大事にするし、もちろん浮気なんて絶対にしない。だが、さすがに何度も同じことが続くと、自分になんらかの欠陥《けっかん》があるのではないかと思えてくる。

（やめよう。考えてもしかたがない）

軽く頭をふった要は、部室のドアに手を伸ばした。

要が所属している写真サークルには、男女合わせて四十名ほどの会員がいる。年に何度かある展示会や撮影合宿、カメラ講習会の参加などが主な活動内容だ。週に一度、部室でミーティングが行われるが、それ以外は好きに活動している。そのため、メンバー全員がこの場所に集まることはあまりない。

ドアを開けると、中にいたのはひとりだけだった。

足を踏み入れるのをためらったのは、彼が愛用のミラーレスカメラを構えていたから。そのレンズは、中央に置かれたミーティング用のテーブルに向けられている。そこにはなぜか一匹の三毛猫がいて、手足を伸ばして眠っていた。

(野良猫か？　なんとまあ大胆な)

どこから入ってきたのか知らないが、気持ちよさそうな寝顔だ。要の口元がほころぶ。

自宅では先週から、双子の仔猫を飼いはじめた。やわらかな毛とつぶらな瞳が愛らしいメインクーンの白猫たちで、家族はすでにメロメロだ。いずれは両親が経営しているホテル猫番館《ねこばんかん》に移す予定なのだが、どちらかは自宅に残してほしいと思っている。

そんなことを考えていたとき、三毛猫が目を開けた。人間がふたりもいることに驚いたのか、すぐさま体を起こし、開いていた窓から外に飛び出してしまう。

「あっ！」

「平気だよ。木があるから」

あわてる要に声をかけたのは、カメラを下ろした青年だった。それでも気になって窓辺に駆け寄ると、たしかに彼の言う通り、三毛猫はすぐそばに立つ桜の木の枝に飛び移っていた。器用に木から下りていく姿を見て、ほっと胸を撫《な》で下ろす。

「ドアの音で起きたのかもしれないな。邪魔してごめん」

「いや、何枚かは撮れたから大丈夫。ほら」

手招きされた要は、彼のカメラをのぞきこんだ。液晶画面には、三毛猫の可愛い寝姿がしっかりと記録されている。

「暑くて窓を開けてたら、いつの間にか入りこんでいたんだよ。びっくりしたけど、おかげでいいものが撮れた」

そう言って、彼――青柳望《あおやぎのぞむ》は満足げに笑った。

青柳は要と同じ三年生で、四月から写真サークルの代表になった。学部は違うが、カメラや写真が好きだという共通点があるので話が合う。同い年ということもあり、たまにふたりで食事に行ったり、撮影のために出かけたりしていた。

さきほど講義室で会った友人たちを「動」とするなら、青柳は「静」だろう。前者は明るくにぎやかで、つるんでいると楽しい。後者は外見も性格も、特に目立つところはないのだが、その落ち着きぶりが心地よかった。

「あ、そうだ。本城に見てもらいたいものがあって」

カメラを椅子の座面に置いた青柳は、すぐ近くにあった袋を手にとった。

中に入っていたのは、プリントアウトされた数十枚の写真だった。テーブルの上に広げられたそれは、大学の構内で撮影されたものだろう。見覚えのある建物や花壇、広場などが写し出されている。

「先週、新入生を集めて撮影会をやったんだよ。そのときに撮ったやつ」

「ああ……。毎年恒例のあれか」

今年は十一名の新入生が写真サークルに入った。まずは初心者向けの撮影会を行い、カメラの扱いに慣れてもらうことからはじめる。青柳は代表なので、顧問と一緒に彼らに同行し、いろいろと指導をしたのだろう。

スマホで写真を撮ることには長《た》けていても、デジタルカメラになると勝手が違う。構図の取り方やレンズワーク、ホワイトバランスや色彩の調整など、さまざまなテクニックを駆使することで、美麗な写真を撮ることができるようになるのだ。

テーブルの上をのぞきこんだ要は、ざっと写真を確認した。

「やっぱり『そのまま撮りました』って感じが多いな。初心者ならしかたないけど」

「まあ、はじめてカメラを手にした子がほとんどだから。そういえば、この森田《もりた》くんって子は、高校生のころからネットに風景写真をアップしているって言ってたな。一眼レフとかじゃなくてスマホのカメラだけど」

「へえ……。たしかに上手い。構図の取り方が独特だ」

「写真の勉強もしているみたいだし、期待の新入生だな」

あれこれ言いながら写真を見ていると、あることに気がついた。

「青柳……。この子、食べ物しか撮ってないぞ。味噌《みそ》ラーメンにカルボナーラに焼きそばパンって」

「食べ物も立派な被写体だよ。学食で食べてる人に頼んで撮らせてもらったとか」

「麺《めん》類が好きなのか？」

　興味を引かれた要は、写真の裏に書いてある名前をあらためて確認する。

「沢木若菜《さわきわかな》……」

　声に出してつぶやいたとき、開いたままのドアのあたりで気配がした。

　ややあって中に入ってきたのは、ぽっちゃりした体型の、三十代の前半ほどに見える男性。写真サークルの顧問でもある寺田《てらだ》助教だ。このサークルのＯＢでもある彼は、講義や研究などで忙しいはずなのに、厚意で顧問を引き受けてくれている。

　寺田助教は要と青柳がいることに気がつくと、人のよさそうな笑みを浮かべた。

「ああ、青柳くんと本城くん。来ていたんですね」

「新入生撮影会の写真を見ていたんですよ」

「本城くんは、新入生の写真を見るのははじめてでしたか。今年はなかなか個性的な子たちが入ってくれましたよ。これからが楽しみだ」

　話をしながら、寺田助教はかかえていた専門書の山をテーブルの上に置いた。これから執筆する論文で参考にする資料なのだという。彼曰《いわ》く、研究室にこもってばかりだとストレスが溜まるのだが、こちらで作業をするといい気分転換になるとか。

「ええと、これとこれはこっちで……」

付箋《ふせん》だらけの専門書を分類していた彼は、ふいに「あ」と声をあげた。むずかしそうな専門書の中に、一冊だけカメラ関係の雑誌がまざっている。

雑誌を手にした寺田助教は、付箋がついたページを開いた。

「今年から新しいコンテストが開催されるそうですよ。締め切りにはまだ時間がありますし、きみたちも応募してみたらどうですか？」

雑誌を借りた要と青柳は、コンテストの概要をまじまじと見つめた。

この手の企画には何度か応募したが、要の受賞歴といえば、自治体主催の小さなコンテストで佳作に入ったことがあるくらいだ。入賞したからといって、写真で食べていけるようになるわけではないのだが、自分の腕を認めてもらいたいと思う気持ちはある。

「これ、賞金額がわりと高めですね。ちょっと応募してみようかな」

「賞金狙《ねら》いかよ」

あきれる要に、青柳は「別にいいだろ」と笑う。

「金はあるに越したことはない。賞金があればもっといいカメラやレンズが買えるから」

たしかにカメラは、機材にこだわれば何かと出費がかさんでしまう。要も青柳もバイトをして費用を捻出《ねんしゅつ》しているが、大学生が稼げる額などたかが知れている。

要は六歳のときに実の両親を亡くし、本城の伯父夫婦に引き取られた。それ以降は何不自由なく育ち、こうして大学まで通わせてもらっている。

養父母はかなりの資産家ではあるが、学費と生活費はまだしも、さすがに趣味の費用まで出してもらうわけにはいかない。大学に入った要はすぐにバイトを探し、ビジネスホテルのフロントで働きはじめた。卒業後はホテリエになりたいと考えているので、業界を知るためにはちょうどいいと思ったのだ。

長期休暇の際には、北関東や信州のリゾートホテルで住みこみのバイトをした。今年の夏休みは、昨年に働いたペンションで短期バイトをすることになっている。これらの経験は、就職活動のときに効果的なアピール材料となるはずだ。

（コンテストか……。最近は応募していなかったな）

十八歳の誕生日、要は養父から古い一眼レフカメラを手渡された。

亡くなった実の父親は、新進気鋭の写真家《フォトグラファー》だったそうだ。

幼いころの記憶はほとんどないのだが、実父がよく家族の写真を撮っていたことは、なんとなく憶《おぼ》えている。そんな実父の形見を受けとったのをきっかけに、カメラや写真に興味を持つのは、ごく自然な成り行きだろう。大学で写真サークルに入り、バイト代でカメラや機材を買っても、養父母はあたたかく見守ってくれた。

実父のように独立し、妻子を養えるような写真家になれるとは思っていない。ひと握りの逸材しか成功できない世界だとわかっているし、大学を卒業したら堅実に就職するつもりでいる。けれど学生の間くらいは、大きな夢を見てもいいのではないか。

顔を上げた要は、「先生」と声をかけた。

「今回は俺も応募します」

「おお、そうですか。ふたりとも、いい写真を期待していますよ」

大学三年の春、要は友人の青柳とともに、雑誌のコンテストに応募した。

いまから思えば、それがすべてのはじまりだったのだ。


静まり返った店内には、シャッターを切る音だけが響いている。

しばらくして最後の一枚を撮り終え、要はファインダーから目を離した。愛用している一眼レフカメラを手にしたまま、大きな息を吐く。

(こんなものかな)

木製のテーブルの上に置いてあるのは、六月から販売予定のレモンメレンゲパイ。一切れをケーキ皿に載せ、輪切りにしたレモンと金色のフォークが添えられている。

なめらかで甘酸《あまず》っぱいレモンクリームの上には、焦《こ》げ目をつけたイタリアンメレンゲをたっぷりと。香ばしく焼き上げたパイ生地は、サクサクとした食感が魅力的。仕上げにみずみずしいミントの葉を飾り、さわやかさを演出している。

　隣のテーブルにも、涼しげなグラスに入った果物のデザートが置いてあった。ヨーグルトムースの白に、マンゴーゼリーの黄色、そしてブラッドオレンジの赤いジュレがきれいな三層になっている。喉越《のど》しがよく後味もさっぱりとした、夏らしい一品だ。

　以上の点が視覚からでも伝わるような、お客の目を引く写真を撮ること。それが要に課せられた任務である。

　写真のデータをノートパソコンに取りこんでいたとき、声をかけられた。

「要くん、撮影は終わった？」

「ええ。今しがた」

「お疲れ様。お茶を持ってきたから休憩にしよう」

　そう言ってにっこり笑ったのは、「ブランピュール」の店長である桜屋蓮《さくらやれん》だった。

　山手《やまて》からほど近い、元町《もとまち》商店街の一角にあるこの店は、南青山《みなみあおやま》に本店を持つパティスリーの二号店だ。猫番館のオーナーとして働く母のお気に入りで、定期的にケーキを買いに来ている。店長がかなりの美形のため、目の保養も兼ねているそうだ。

（まあ、奥様方から人気があるのはわかるかな。既婚者だけどまだ若いし）

今年で三十四歳になるという店長は、同い年の隼介《しゅんすけ》と仲がいい。要とは年齢差があるため、友人といえるほど親しくはなく、知り合いの域にとどまっている。

「はい、そこに座って」

コックコート姿の店長は、茶器を載せたお盆を手にしていた。要が近くの椅子に腰を下ろすと、ティーポットの紅茶をカップにそそいでくれる。撮影に集中している間は何も飲んでいなかったので、喉が渇いていたのだ。ほっとしながらカップに口をつける。

「休みなのに、わざわざここまで来てくれてありがとう。いつも助かってるよ」

「いいえ。自分が撮った写真を使ってもらえて、俺も嬉《うれ》しいです」

発端は一年以上も前のこと。要がカメラを扱えることを知った店長は、季節商品や新作デザートの撮影をしてもらえないかと依頼してきた。写真をポストカードにして、お客に配りたいのだという。

報酬《ほうしゅう》も出してくれるというので、小遣い稼ぎに引き受けることにした。撮影をするときは、店の定休日に自分の休みを合わせている。軽い気持ちではじめてみたが、これがなかなかおもしろい。いまでは撮影日を楽しみにしているくらいだ。

「撮った写真、そこのパソコンから確認できますよ」

「了解。今回はどんな感じに仕上がったのかなぁ」

お盆を近くのテーブルに置いた店長は、いそいそとパソコンのほうに向かった。椅子に座ってマウスを動かし、写真の出来栄えを確認する。

「――うん、どれもいい感じだ。色合いもきれいだし、美味《おい》しそうに撮れている」

「ありがとうございます」

「うちの店、去年の夏は焼き菓子の売り上げがあまりよくなかったんだよ。だから今年はラインナップを大幅に変えて、夏季限定の商品も果物を中心にしてみたんだ。要くんのポストカードで効果的に宣伝できるように頑張らないと」

（このあたりでは人気の店だと思うけど……。洋菓子店も大変なんだな）

半分ほど飲んだ紅茶にミルクを入れ、異なる味わいを楽しんでいると、店長がパソコンから顔を上げた。何かを思い出したような表情で言う。

「要くん、ちょっと訊《き》きたいことがあるんだけど」

「なんですか?」

「猫番館って、いまから七月か八月の予約はとれるのかな。夏休みだし、もう満室?」

「そうですね……。予約表を確認してみないとなんとも言えないんですが、八月の終わりごろなら少しだけ空きがあったような。桜屋さん、もしかしてご家族で宿泊を?」

店長は「いや、俺じゃなくて」と笑う。

「泊まりたがっているのは友だちだよ。幼なじみとも言えるか。去年の夏に子どもが生まれて、奥さんが育児休暇をとっていたんだけど、九月から職場復帰するらしくて。学校の先生だから、新学期のはじまりに合わせたんだろうな」

「じゃあ、お子さんはもうすぐ一歳ですか。復帰にはちょうどいい頃合いですね」

「九月から入れてくれる保育園も見つかったしね。で、その前に家族で旅行しようかって話になったってわけだ。でも子どもがまだ小さいし、あまり遠出はできないだろ。だったら近場の横浜《よこはま》はどうかと。その一家、東京に住んでいるから」

「それで猫番館に？」

「身内が一度、泊まったことがあるんだってさ。その人、けっこう気むずかしいのに褒めていたから、自分たちも行ってみたくなったとか」

以前に宿泊したというその人は、猫番館を気に入ってくれたのだろう。

誠心誠意のもてなしは、お客の心に響くもの。それがときには、こうして新しいお客を引き寄せるきっかけとなって返ってくるのだ。常に一期一会《いちごいちえ》の精神で接しているが、リピーターになってもらえたら嬉しく思うし、よい評判を広めてくれたら、自分たちの仕事が認められたようで誇らしい。

微笑《ほほえ》んだ要は、「桜屋さん」と声をかける。

「猫番館に戻ったら、予約状況を確認してみます。空いている日があったら連絡しますので、ぜひご予約をとご友人にお伝えください」

「ありがとう。そうさせてもらうよ」

紅茶を飲み終えた要は、撮影に使ったカメラや三脚、レフ版といった機材を片づけはじめた。撮影の日はいつも車で来ており、近くの駐車場に停めている。今日は母が通勤用に使っているコンパクトカーを借りてきたから、機材が重くても問題ない。

荷物をまとめていたとき、裏のスタッフルームに行っていた店長が戻ってきた。十五センチ四方で、高さは十センチくらいに見える箱を持っている。

「これ、紗良《さら》ちゃんに渡してもらえるかな」

「紗良さんに……ですか？」

頭の中に、猫番館の厨房《ちゅうぼう》で生き生きと働くパン職人の姿が浮かんだ。彼女について考えるとき、最初に出てくるのがその光景なのだ。店長と紗良には面識はあるけれど、贈り物をするほど親しくはなかったはずだが……。

無意識に奇妙な顔をしていたのだろう。こちらの心情を汲《く》み取ったのか、店長は愉快そうに笑いながら中身を取り出す。

「これは？」

「クグロフ型といって、フランスのアルザス地方でつくられている伝統菓子の型だよ。材質はシリコンとかギルアとかスチールとか、ほかにもいろいろあるんだけどね。これは昔ながらの陶器製だから、ちょっと重いな」

側面にひだのようなものがついた台形のそれは、ゼリー型にも似ている気がした。クリーム色の陶器には赤い花の模様が描かれており、見た目はとても可愛らしい。

「このまえ倉庫の大掃除をしていたら、奥のほうで見つけたものでね。前の店長がアルザス地方に旅行したとき、土産《みやげ》として買ったはいいけど、そのまま忘れて倉庫にしまいこんでいたんだよ」

「前の店長さんには連絡したんですか？」

「したよ。自分には必要ないから、好きにしてかまわないって。――と言われても、この店でクグロフを販売する予定はないんだよな」

「奥さんにプレゼントしたらどうです？　女性が好きそうな見た目ですよ」

「それも考えたけど、うちの奥さん、お菓子は食べる専門なんだよなぁ。飾るだけでも見栄えはするけど、やっぱりこういうものは、使ってこそ価値が出ると思うんだよ。飾り物にしておくのはもったいない」

だからパン職人である紗良に譲りたいのだと、店長は語った。

「クグロフは酵母《こうぼ》を使って発酵させるから、菓子パンの一種ともいえる。陶器製はほかの材質より扱いにくいけど、だからこそプロの職人に使ってほしいんだ。誰の手元に渡るのがいいのかって考えたとき、最後まで残ったのが紗良ちゃんだったんだよ」

「わかりました。彼女にそう伝えます」

「押しつけるつもりはないから、いらない場合は返してくれてもかまわない。そこは紗良ちゃんの自由ということで」

「はい」

要は箱が入った紙袋を受け取り、荷物をかかえて外に出た。

(紗良さんにこれを渡したら、どんな顔をするんだろうな)

そのときの様子を想像すると、口元が自然とほころんだ。可愛いものは好きなはずだから、きっと素直によろこんでくれるだろう。クグロフなるものをつくったときは、ぜひ味見をさせてほしい。

石畳《いしだたみ》が敷き詰められた元町通りを歩いていると、先月よりも観光客が増えているのを感じた。いまの時季は薔薇《ばら》の見頃だし、今日は気温もちょうどいい。のんびり散策をするには最適なのだろう。

薔薇のアーチの下にあるベンチには、若いカップルが体を寄せ合って座っていた。自撮りを楽しむ彼らの近くには、本格的な一眼レフカメラを首から提《さ》げた中年男性。カップルが移動したら写真を撮りたいらしく、周囲をうろうろしている。自分も同じようなことをしたことがあるなと思うと、親近感が湧く。

(撮影の報酬をもらったことだし、ちょっと買い物にでも行くか)

しばらく歩いて駐車場に入った要は、停めていた車に乗りこんだ。そしてエンジンをかけると、横浜駅方面に向けて出発したのだった。

「高瀬《たかせ》姪《めい》、上がる前にルームサービスを届けてくれないか」

翌朝に焼くパンの仕込みを済ませ、洗った調理器具を片づけていたとき、隼介から声をかけられた。

調理台の上には、白いお皿に盛りつけられたサンドイッチが用意されている。ルームサービスの中でも人気が高い、猫番館特製のビーフカツサンドだ。厚めの牛モモ肉に粒の細かいパン粉をまぶし、からりと揚げたそれをトーストした食パンで挟んでいる。使われている食パンはもちろん、紗良がつくったものだ。

ボリュームたっぷりのビーフカツの断面から見えるのは、絶妙な焼き加減のミディアムレア。隼介が独自に配合した、特製甘辛ソースとの相性は抜群だ。きつね色に焼けたトーストと、良質な油で揚げられた衣に挟まれて、牛肉の旨味《うまみ》がぎゅっと凝縮されている。値段は少々お高めなのだが、連泊するお客が昼食として頼むことが多い。

両手を胸元で組んだ紗良は、うっとりしながらビーフカツサンドを見つめた。

「ああ……。いつものことながら、なんて美味しそうなの。肉汁が輝いている……！」

「いいからはやく持っていけ。二〇五号室だ」

「了解しました！」

恍惚《こうこつ》状態から抜け出した紗良は、手早く帽子とエプロンをつけ替えた。お客の前に出ても恥ずかしくないよう、軽く身だしなみをととのえる。そして銀色のドームをかぶせたお皿を手に、厨房をあとにした。

時刻は十四時半過ぎ。玄関ロビーはチェックインをするお客でにぎわっていた。

満室になると、館内で過ごす人の数も増える。シーズンオフの静かで落ち着いた雰囲気もいいけれど、こうしてにぎやかなのも、活気にあふれていて楽しい。

階段で二階に上がった紗良は、二〇五号室のドアをノックした。ややあって聞こえてきたのは、おだやかな男性の声。

「はい」

「ルームサービスをお届けに上がりました」

紗良の言葉に応《こた》えるように、中から鍵が開けられた。ゆっくりとドアが開く。

あらわれたのはまだ若い、紗良とあまり変わらない年頃の男性だった。中肉中背で、特に目立った特徴はなかったが、柔和な顔立ちで優しそうな人だ。

「中にお運びしてもよろしいですか？」

「ええ、どうぞ」

許可を得た紗良は、「失礼いたします」と言って室内に入った。

二〇五号室はシングルルームで、以前に紗良の兄が泊まったことのある部屋だ。

窓際の小さなカフェテーブルの上に食器を置いたとき、ベッドの上に無造作に置かれていた荷物が目に留まった。大きなリュックに立派なカメラ、三脚にレフ版のようなもの。明らかに撮影をするための機材である。

（プロのカメラマンかな。それとも要さんみたいに趣味で？）

見どころの多い猫番館は、撮影スポットとしても人気がある。そのため、本格的な機材を持ちこんで宿泊する人もめずらしくない。美しいローズガーデンが見られる時季は限られており、その期間の予約は争奪戦と化している。

「チェックインしたばかりなのに、ルームサービスを頼んですみません」

「えっ」

我に返って顔を上げると、お客の彼は申しわけなさそうに眉を下げていた。荷物を不躾《ぶしつけ》に見つめてしまったことについては、特に気にしていないようだ。

「今日は昼食をとり損ねてしまって……。夕食まで我慢できそうになかったんです」

苦笑した彼は、そう言ってお腹《なか》のあたりをさすった。どうやらこのお客は、とても謙虚な性格の人らしい。背筋を伸ばした紗良は、微笑みながら答えた。

「お気になさらないでください。当館のルームサービスは、チェックインの直後からご利用いただけますので」

料理を覆《おお》っていたドームカバーをとると、彼は嬉しそうに声をはずませた。

「美味しそうですね。頼んでよかった」

「どうぞごゆっくりお召し上がりくださいませ」

一礼した紗良は、客室を出て厨房に戻った。その後もこまごまとした仕事をこなしているうちに時間が過ぎ、結局三十分ほどの残業になってしまう。

「それでは、そろそろ上がらせていただきますね。お疲れさまでした」

「お疲れー」

厨房スタッフに挨拶《あいさつ》をしてから、紗良は調理用の衛生帽子と前掛けをはずして廊下に出た。更衣室に向かっていると、つきあたりにある従業員用のドアが開く。アルバイトの誰かが出勤してきたのだろうかと思ったが、入ってきたのは私服姿の要だった。

「ああ、いま終わったの？　ちょうどよかった」

「要さんはお休みでしたよね？」

「そうだけど、紗良さんに渡したいものがあって」

笑顔で近づいてきた要は、白い箱を持っていた。紗良の前で足を止めると、箱の蓋《ふた》を開けて中身をとり出す。中からあらわれたものを見て、紗良はぱっと表情を輝かせた。

「わぁ、可愛い！　クグロフ型ですね」

「さすがだな。ひと目で見抜いたか」

「専門学校時代に、授業で写真を見たことがあるんですよ。絵付けがされているってことは、陶器製ですよね。実物ははじめて見ました。たしかクリスマスとか、お祝いのときに焼くものだって習いましたけど……」

「なるほど、祝い菓子か」

「絵柄もいろいろあって、どれも素敵なんですよ。ところでこれ、どうしたんですか？」

首をかしげる紗良に、要は「さっき桜屋さんからもらったんだ」と答える。

「店の倉庫を大掃除したら出てきたんだってさ。桜屋さんは使わないから、もしよかったら紗良さんにあげるって」

「わたしがいただいてもいいんですか？」

「ただ飾っておくよりは、紗良さんみたいなプロの職人に使ってもらいたいそうだよ。いらないなら返すけど」

「いいえ、ありがたく頂戴《ちょうだい》します」

箱を受けとった紗良は、嬉しさに口元をゆるめた。クグロフは少し前につくったピロシキと同じく、専門学校の実習で製作したくらいしか経験がない。とはいえ、こんなに素敵な型を譲ってもらったのだから、近いうちに挑戦してみよう。ほかにもつくり慣れていないパンはたくさんあるし、こうやって少しずつでも経験値を上げていきたい。

（クグロフができたら、桜屋店長さんにも差し入れして……）

型が入った箱を大事に抱きしめながら考えていると、要がふっと微笑んだ。

「予想通りのよろこび方だな」

「う……。単純だって言いたいんですね？」

「そうじゃない。素直にはしゃぐところが可愛いなって思っただけだよ」

「！」

さらりと放たれた言葉に、思わず鼓動が跳ね上がる。顔まで熱くなってしまった。

本心なのか、それともお世辞か。普段から感情が読みにくいし、職業上、歯が浮くようなことも平然と言える人だから、紗良には判断がつかない。

(罪作り……！　罪作りですよ要さん！)

要にとっては、取るに足らない一言なのかもしれない。けれど気軽に口にしているその言葉が、こちらの心をどれだけ乱しているのかを、彼はわかっているのだろうか？

自分ばかりが翻弄《ほんろう》されてしまうのが悔しくて、なんとか抵抗しようと試みる。

「またいつもみたいにからかっているんでしょう。そ、その手には乗りませんからね」

「真っ赤な顔してよく言うよ。本当に、きみは見ていて飽きないな」

「飽きる飽きないの問題ですか？」

「俺にとってはけっこう重要なんだけどね。だからこそ――」

言いかけた要は、ふいに口をつぐんだ。自分の発言に戸惑《とまど》うように視線をさまよわせてから、眉を寄せて何事か考えはじめる。それは取りつくろうことを忘れた、明らかに素の表情だとわかるものだったので、紗良もまた困惑してしまう。

(急にどうしたんだろう。わたし、何かおかしなこと言った？)

「要さ……」

呼びかけようとしたとき、奥から聞こえてきた声にさえぎられた。

「あの、すみません」

はっとして視線を向けると、廊下の奥――ロビーに近いほうに、さきほどルームサービスを運んだ客室のお客が立っていた。

彼は遠慮がちに、手にしていた白いお皿をかかげる。あれはもしや……。

「食事が終わったんですけど、食器をどうすればいいのかわからなくて。フロントは忙しそうで声をかけられなかったんです」

「申しわけありません！　わざわざこんなところまで……」

紗良はあわてて彼のもとに駆け寄った。そういえば、食後にどうしてほしいのかを告げるのをすっかり忘れていた。これは完全に自分のミスである。

「お食事のあとは、フロントに内線でご連絡いただければ、スタッフが片づけに向かう手《て》筈《はず》になっております。お伝えするのを忘れてしまい、大変失礼いたしました」

「あ、そういうことか。ルームサービスをとるのがはじめてだったもので……」

恥ずかしそうに頬《ほお》をかいた彼は、空の食器を紗良に手渡した。そして何気なく要のほうに目をやり、驚いたように息を飲む。

「本城じゃないか！」

「えっ」

「青柳……」

要の口から漏れた声には、大きな驚きの中に、かすかな苦悶《くもん》が混じっていた。

「本城、久しぶりだな！　元気だったか？」

ぼうぜんとしていた要の硬直を解いたのは、大学時代の友人である青柳の声だった。彼は昔と同じ笑顔のままこちらに近づき、親しげに話しかけてくる。

「会うのは卒業式以来だから、五年ぶりか。変わってないからすぐにわかったよ。外資のホテルに就職したって言ってたけど、もしかしてこっちに転職したのか？」

「あ、ああ……。いまはここでコンシェルジュをやっている」

「そうだったのか。あれ、でも制服は着てないな」

「今日は休み。すぐ近くに寮があって、そこに住んでいるんだよ。こっちに来たのはたまたま用があったからで」

青柳は、猫番館のオーナーが要の両親だということを知っている。しかし内定が出たのは別のホテルだったから、現在もそこで働いていると思っていたのだろう。

「ところで、青柳はなんでここにいるんだ。うちに泊まっているのか？」

「ああ、さっきチェックインしたんだ。腹が減っていたからルームサービスを頼んだんだけど、食器の返し方がわからなくて……。うろうろしていたら、いつの間にかこんなところまで徘徊《はいかい》を」

周囲を見回した青柳は、ばつが悪そうな表情で続けた。

「よく見たらここ、スタッフ以外は立ち入り禁止だな。勝手に入ってごめん」

「わたしの説明不足です。まことに申しわけありません……」

口を挟んだ紗良が、青柳に向けて深々と頭を下げる。

ルームサービスを届けているのは、基本的にはフロントの人間かベルスタッフのどちらかだ。双方が多忙の場合は、厨房スタッフが運ぶこともある。いまの時間はチェックインをするお客が多いから、手の空いた紗良がその役目を引き受けたのだろう。

「気にしないでください。むしろ、そのおかげで本城と会えたんですから」

うなだれる紗良をなぐさめた青柳は、ふたたび要に視線を向けた。

「ホテル猫番館のローズガーデンは有名だろう。やっぱり一度は自分のカメラで撮影してみたくてさ。予約がとれるかどうかはわからなかったんだけど、運よく一部屋押さえることができてね。でも一泊だからあっという間だろうな」

「ということは、仕事じゃないのか。宿泊はひとりで……？」

「今回は趣味の一環だよ。有志で写真展をやるから、素材探しにね。部屋は二〇五号室」

彼が口にした部屋番号は、シングルルームだ。どうやらひとりで来たらしい。

青柳は大学卒業後、都内にある撮影スタジオに就職した。

カメラマンの卵として入り、アシスタントからはじめると聞いたが、現在は立派に独り立ちしていることだろう。転職していない限りは、企業や団体の依頼を受け、宣伝や記事などに使う写真を撮るプロカメラマンとして働いているはず。

「ここで会ったのも何かの縁だ。もしよかったら、今夜ふたりで飲まないか？　夕食の予約をしているからそのあとになるけど、ルームサービスで酒でも頼んで……」

逡巡《しゅんじゅん》したのは、ほんの一瞬。

得意の営業スマイルを顔に貼りつけ、要は「そうだな」と答える。

「五年ぶりで積もる話もあるし……と言いたいところなんだけど、あいにく今夜は用事があるんだ」

嘘《うそ》だった。いつかは本当にバイトの予定があったが、今夜は用事など入っていない。

「まあ、そんなに都合よく暇なわけがないか」

青柳は要の言葉を疑うことなく、残念そうな表情で言う。

「じゃあ夕食後は予定通り、『猫番館の夜』と題して写真を撮るか」

「悪いな」

「いや、急に誘ったのはこっちだからさ。また機会があったら飲みに行こう」

スタッフ専用のエリアに長居するのはまずいと思ったのか、青柳はそこで話を切り上げた。紗良に会釈《えしゃく》をした彼はこちらに背を向け、ロビーのほうへと戻っていく。

青柳の姿が完全に見えなくなると、紗良が小さく息を吐いた。

「ルームサービスのお客さま、要さんのお知り合いだったんですね」

「大学時代の友人だよ。学部は違うけど、同じサークルに入っていたんだ」

「サークルというと、写真ですか。そういえば、お部屋に立派な撮影機材がありました」

彼女は客室に入ったから、青柳の持ち物を目にする機会があったのだろう。

「でもあの方、寺田さまの結婚パーティーにはいらっしゃらなかったような……？」

「参加はしていないね。招待はしたけど、都合が合わなかったらしいから」

去年の十月、秋の薔薇が咲く猫番館のローズガーデンで、顧問の寺田助教（現在は講師だが）の結婚披露パーティーが開かれた。新婦もサークルの一員だったので、同学年の青柳にも招待状を出したそうだが、仕事と重なるため欠席する旨《むね》の連絡が来たという。

寺田夫妻は残念がっていたけれど、自分は——

「お互いに仕事が忙しくて、就職してからは一度も会っていなかったんだ。まさかこんな形で再会することになるとはね」

「そう、ですか……」

「微妙な顔だな。言いたいことがあるならどうぞ？」

紗良は少しためらってから、「違っていたらすみません」と前置きする。

「学生時代のお友だちと再会できたわりには、あまり嬉しそうな感じがしないな……と」

図星を指され、少しだけ眉が動いてしまった。それ以上の反応は意地でも見せない。

本音を悟られないよう、要は平常心を装ってにっこり笑った。演技で他人を煙《けむ》に巻くことなど朝飯前だ。

「そんなことあるわけないだろ。紗良さんの勘違いだよ」

「ご、ごめんなさい。出過ぎたことを」

「別にあやまる必要もないんだけどね。それはそうと、いつまでもこんなところにいないで着替えに行ったら？　仕事はもう終わったんだろ」

「はい。あの……クグロフ型についてはありがとうございました」

ぺこりとお辞儀をした紗良は、女性用の更衣室のほうへと歩いていった。ややあって更衣室のドアが閉まると、貼りつけていた仮面が剝がれ落ちる。

（普段はのほほんとしているくせに、妙なところで鋭いんだよな）

胸中に渦巻くのは、感心する気持ちと、見透かされたことに対するわずかな苛立《いらだ》ち。前髪をかき上げた要は、心を落ち着かせるように深呼吸をしてから、おもむろに踵《きびす》を返した。従業員用の出入り口から外に出て、寮へと戻る。

一階の自室に入った要は、ベッドのふちに腰を下ろした。しかしすぐに立ち上がり、壁際の本棚から一冊の雑誌を引き抜く。カメラ関係の雑誌のバックナンバーで、五年以上も前に発行されたものだ。

ぱらぱらとめくっていると、目的のページにたどり着く。

『今年から新しいコンテストが開催されるそうですよ。締め切りにはまだ時間がありますし、きみたちも応募してみたらどうですか？』

大学三年の春、寺田助教のすすめで、要と青柳はコンテストに応募した。

結果は天と地ほどの差があった。賞にかすりもしなかった要に対して、青柳は上から二番目の優秀賞をとったのだ。サークル内はお祭り騒ぎで、誰もが彼を祝福した。

要も笑顔で「おめでとう」と言ったが、心の中は複雑だった。

――なぜ自分が落選し、青柳が賞をとる？　自分の写真は青柳とくらべて、それほどの落差があったというのか？

正々堂々と競い合った末に負けたのだから、悔しくてもそれが実力なのだ。その悔しさをバネにして、技術とセンスを磨いていけばいい。いまならそう思えるが、当時の未熟な自分は、そんなすがすがしい上昇志向を持つまでには至らなかった。

同じコンテストに応募さえしなければ、友人の快挙を素直に祝うことができたかもしれないのに。あのときは自分の中で生まれた醜《みにく》い感情に、心底嫌気がさした。いまでも思い出すだけで、陰鬱《いんうつ》な気分になってしまう。

青柳の受賞で心は乱れたものの、要はなんとか気をとり直し、その後も写真を撮り続けた。コンテストのテーマは風景写真で、自分の得意とするものではない。当時の要がよく撮っていたのは、人物の写真だった。寺田助教も褒めてくれたし、別のコンテストで佳作をとったときの写真も、人々の姿を写したものだった。

風景写真は青柳に軍配が上がったけれど、人物写真なら自信が持てる。そう言い聞かせて平常心を保っていたのに――

要は雑誌を持つ手に力を入れた。

(あの写真を見たときの衝撃は忘れられない……)

青柳が賞をとってから、約一年後。最後の大学祭で展示された彼の作品を見たとき、要はその場に縫《ぬ》い留められたかのように、動くことができなくなった。

『これは……』

何枚かの組写真で構成された作品は、パネルで展示されていた。

昼間から夕方にかけての海。波打ち際で遊ぶひとりの女性。どの写真も後ろ姿で、顔はわからなかったが、いまにも写真から抜け出してきそうなほどに生き生きとしていた。

太陽の光を受けて輝く海に、見えそうで見えない彼女の顔。すべてを見せないことで想像の余地を残し、無声映画のようなストーリーを生み出している。

打ち寄せる波の音と潮の香り。そして彼女の楽しげな声が聞こえてくるかのような、圧倒的なリアル感。青柳の作品は、そんな魅力にあふれていた。

『すごいね、この写真。インパクトある』

『えー、誰が撮ったんだろう？』

展示室には数多くのフォトパネルが飾られていたが、ほぼすべての来客が、青柳の作品の前で足を止めていた。

——超えられるわけがない。

それは撮影技術の賜物《たまもの》というよりも、天性の才能だった。自分のような凡人がどれだけ努力しても、亡き実父や青柳といった天才たちには及ばない。青柳の作品を見たとき、その事実をまざまざと突きつけられてしまった。

とどめとなったのは、モデルをつとめた女性だった。

新入生撮影会で食べ物の写真ばかりを撮っていた彼女の名は、沢木若菜。のちに青柳の恋人になった彼女は、要がひそかに想いを寄せている相手でもあった。

『実は俺たち、つき合うことになったんだ』

幸せそうなふたりの報告を受けたとき、若菜に対する気持ちは心の奥底に封印した。間近で見ていたからこそ、彼らの仲睦《むつ》まじさはよく知っていた。邪魔をする気は毛頭ない。本心を悟られないようにごまかす癖は、この経験から身についたのだと思う。

――自分では、これほど美しく透明感のある彼女の写真を撮ることはできない。

フォトパネルで自信を打ち砕かれた要は、その後はしばらくカメラにさわることすらできなくなった。そして当初の予定通り、外資系のホテルに就職したのだ。

一方の青柳は、コンテストの受賞をきっかけにカメラマンの道へと進んだ。卒業後は何度かメッセージをやりとりしたが、日々の仕事に追われているうちに自然と疎遠になっていき、現在に至っている。

一度はやめようかと思った写真は、結局捨て去ることができず、趣味として続けることにした。けれど人物を撮る気にはなれなくて、就職後につき合った女性に頼まれても、首を縦にふることはできなかった。

また誰かの写真を撮りたいと思えるようになったら、何かが変わるのだろうか？

開いたままの雑誌に目を落とした要は、ぽつりとつぶやいた。

「いい写真だよな……」

誌面には青柳が賞をとった作品が掲載されている。当時は悔しさが先に立ってまともに見ることすらできなかったが、落ち着いてよく見てみれば、賞をとるのにふさわしい作品だ。そして自分との歴然とした差も、いまならわかる。

要は就職してからも、いくつかのコンテストに応募した。しかし結果はふるわない。そのたびに落ちこむけれど、以前のような絶望感を覚えることはなかった。ホテリエという仕事が、撮影するときと同じくらいに楽しいからだと思っている。

猫番館のスタッフは、自分の働きを認めてくれる。居心地のよい職場がある。それらは要にとって、大きな心の支えなのだ。

雑誌を閉じた要は、さきほどかわした青柳との会話を思い出した。

彼は旧友に再会できたことを、素直によろこんでいた。そういう人間なのだ。

勝手な嫉妬《しっと》と劣等感にさいなまれていたのは、自分だけ。それが悔しくて、せっかくの誘いを断ってしまった。明日になれば、青柳はチェックアウトをして猫番館を去る。また顔を合わせる機会はあるかもしれないし、ないかもしれない。

青柳は何も悪くない。これは自分の心の問題だ。このまま何もなかったことにしてしまえば、心の平穏は保たれる。しかし、あのころよりも大人になったいまなら、昔のように彼とまっすぐ向き合えるのではないかという気もするのだ。

ここで会ったのも何かの縁。青柳の言葉が頭から離れない。

(さて、どうする……？)

隠された自分の本心を探るため、要は深い思考の海へと沈んでいった。

それから数時間後の、二十一時過ぎ。

ホテルの夕食が終わったころを見はからって、要は従業員寮を出た。ホテルに通じる小道を歩いていると、前方に人影が見える。

後ろ姿でもよくわかる、あの特徴的なふたつの団子は……。

「紗良さん？」

「ひいっ」

背後から声をかけたのが悪かったのだろう。飛び上がらんばかりに驚いた彼女は、警戒心を丸出しにした表情でふり向いた。

相手が要だとわかったとたん、紗良はほっとしたように胸元に手をあてる。

「びっくりした……。不審者かと」

「ひどいな。不審者だったら名前なんて呼ばないだろ」

「それもそうですね。こんな時間に声をかけられるとは思わなかったので、つい……」

周囲を警戒する姿勢は悪くない。ホテルの敷地内とはいえ、ここは人通りの少ない裏道なのだ。では、こんな夜に彼女はどこに行こうとしているのか。それもすぐにわかった。

「また新作の研究?」

パン職人《ブーランジエール》になるために生まれてきたような彼女は、暇さえあればパンのことばかり考えている。職場がすぐそこなので、休みの前日は厨房で試作をすることが多い。今夜もそうなのだろうと思ったが、紗良は「いえ」と答えた。

「昼間、要さんからクグロフ型をもらったでしょう。さっそくつくってみようと思って」

「もう?　やることがはやいな」

「つくり方はさっき、専門書を見て勉強しました。夜のうちに仕込みをして、朝になったら焼成《しょうせい》するんです。材料と一緒に別の材質の型も買ってみたので、焼き上がったら要さんにもひとつ差し上げますね」

「楽しみにしているよ」

（あいかわらず、パンのことになると好奇心旺盛《おうせい》だな）

仕事でも趣味でも、何かに前向きに打ちこむ人間は好ましい。その反面で、近づきすぎてはいけないと思う気持ちもある。これもまた、自分の心の問題なのだけれど。

ふたりで館内に入ると、厨房の前で紗良と別れた。要はひとりでロビーに向かう。

夕食が終わり、ローズガーデンのライトアップも終了したため、お客は部屋に引き揚げたのだろう。ロビーにいたのはフロント勤務の梅原《うめはら》だけだった。誰もいないのをいいことに、猫番館名物の黒糖くるみあんパンを頬張っている。

「美味しそうなものを食べているね」

「げっ！　ほ、本城さん。休みのはずじゃ」

「あんパンと牛乳って、ドラマに出てくる刑事みたいだな。張りこみ中か？」

「うう、見逃してくださいよー。ここに来る途中で自転車《チャリ》がぶっ壊れたせいで、夕メシ食べる時間がなくて……。休憩まで待つのも無理……」

「しかたないな。今日は見逃すけど、食事は仕事の前に済ませておくように」

「ありがとうございます！」

わりとポンコツなことばかりするのに、どうにも彼は憎めない。苦笑した要がフロントを離れたとき、階段のほうからシャッターを切る音が聞こえてきた。

はっとして視線を向けると、踊り場に青柳の姿が見えた。階段を半分ほど上がったところで、片膝《ひざ》を床につけてしゃがんでいた彼が、何を撮影していたのかを知る。

「マダム!」

「あれ、本城。どうしてここに?」

カメラを構えていた青柳が、不思議そうに目をしばたたかせる。

踊り場のステンドグラスの下で、ペットモデルのようにポーズをとっていたのは、ホテル自慢の看板猫、マダムだった。その隣には、どこかで見たことのある三毛猫が一匹。記憶をたぐっているうちに、ホテルの敷地内でよく見かける野良猫だと気づく。

(でも、なんで外にいるはずの猫が館内に……)

「二匹で一緒にステンドグラスを見ていたんだよ。この看板猫さんが手引きして、ここまで連れて来たんじゃないのか?」

まさかと思ったが、あり得る気もした。マダムはとても賢いし、この三毛猫とも仲がいいのだ。だが、親しい間柄だとしても、野良猫の来館は褒められたことではない。

軽くねめつけてみたが、マダムは知らん顔で視線をそらした。要が本気で怒ることなどないと、彼女はわかっているのだ。まったく、なんて愛らしい小悪魔なのだろう。そこにベタ惚《ぼ》れしているのだから、勝てるはずがない。

「……用が済んだらおとなしく帰るんだよ」

要が肩をすくめると、三毛猫は返事をするように可愛く鳴いた。こちらも小悪魔か。

マダムたちの写真を撮りながら、青柳が言った。

「ここで手ぬぐいをかぶって踊ってくれたら、『猫の踊り場』になるのになぁ」

「なんだって？」

「そういう伝承があるんだよ。知らないか？」

「ああ、踊場《おどりば》駅のことか。猫たちが夜な夜な踊っていたっていう」

横浜市営地下鉄のブルーラインにあるその駅は、そんな昔の伝承が名前の由来になっているそうだ。しかし三毛猫はともかく、マダムが手ぬぐいをかぶって陽気に踊るところなど想像ができない。彼女が踊るとすれば、もっと優雅なワルツだろうか……。

真剣に考える要の前で、青柳はなおも撮影を続けている。

(今回は趣味の一環だって言っていたけど、やっぱりプロの仕事だな)

アマチュアの自分とは、カメラの扱い方から撮影方法まで、何もかもが違う。

その卓越した技術を少しでも吸収したいと思い、彼の手元に目を向けたときだった。左の薬指で光るものに気がついて、要は大きく両目を見開く。

――結婚指輪？

もう一度見てみたが、シンプルなデザインの細い指輪が、たしかにはめられている。青柳はファッションで指輪をつける人間ではないし、そういうことなのだろう。

では、相手は誰だ？　自分の知っている人か、それとも――

「いやー、それにしても絵になる猫だな。この子、大学のときに飼いはじめたって言ってたメインクーンだろ？　マダムって名前もぴったりだ」

「最初は違う名前だったんだけど、いつの間にかそう呼ばれるようになったんだよ」

「こっちの三毛も野良猫とは思えないくらいにきれいだし、写真の撮り甲斐《がい》があるよ。薔薇が目的だったのに、思わぬモデルに出会えた」

（あいかわらず楽しそうだな）

生き生きとした様子の青柳を見ていると、なんだか学生時代に戻ったかのような気分になる。プロのカメラマンとなり、技術やセンスにさらなる磨きがかかっていても、醸《かも》し出す雰囲気は昔となんら変わっていない。

なつかしさに浸っていると、やがて青柳がカメラを下ろした。

「二匹とも協力ありがとう。写真は本城に送っておくから、彼に見せてもらうといい」

ゆっくりと立ち上がったマダムと三毛猫は、連れ立って階段を下りていった。従業員用のエリアに向かったので、要の言いつけを守って外に出て行くのだろう。

腰を上げた青柳が、ふたたび口を開く。

「それで、本城はなんでまたここに？　今夜は用事があったんじゃ……」

「あ、いや。その……急に中止になってさ。青柳さえよければ一緒に飲もうかと思って」

言いながら、要は手にしていた縦長の紙袋をかかげた。中には夕方に酒屋で購入したボトルワインが入っている。中身を察した青柳が、嬉しそうに笑った。

「わざわざ買ってきてくれたのか？」

「まあな。たいして高いものじゃないけど」

「じゅうぶんだよ。つまみになりそうなものは俺の部屋にあるから」

ああ、やはりこの友人は変わらない。こちらが歩み寄りさえすれば、昔と同じ笑顔で応えてくれる。そのことに、思った以上に安堵《あんど》している自分がいた。

廊下を並んで歩きながら、要は気になっていたことをたずねてみる。

「青柳、もしかして結婚したのか？」

「え？　あ、指輪か」

左手に視線を落とした彼は、照れくさそうに「先月にね」と答えた。既婚者だろうとは思っていたが、結婚して間もないことには少し驚いた。

「新婚のくせにひとりでホテルに泊まってるのかよ」

「しかたないだろ。シングルの部屋しか空いてなかったし、そもそも若菜は仕事があるから休みがとれなかったんだよ」

青柳の口から出た妻の名を聞き、要の眉がぴくりと動いた。やはりそうだったのか。

「沢木さんと結婚したんだな。あれからずっと続いていたのか？」

「ああ。つき合って五年くらい経《た》ったし、そろそろ一緒になってもいいだろうってことになってさ。アパートの契約更新もきっかけかな。どうせなら、ふたりで住めるマンションを探そうかって話になったし。いろいろとタイミングが合ったというか」

「機が熟したってことだな。――おめでとう」

祝福の言葉は、ごく自然に口から出てきた。嘘ではない、本心からの気持ちだった。

「それにしても五年はすごいな。俺はひとりの相手とそんなに続いたことなんてないぞ」

「本城はモテるからだろ。いまだって選びたい放題じゃないのか？」

「そうでもないけどな。ここ一年くらいは彼女もいないし」

話しているうちに、二〇五号室の前にたどり着いた。

青柳がルームキーをとり出し、ドアの鍵穴に差しこむ。彼のあとについて室内に入った要は、持参したワインを飲みながら、頭の中で考えをめぐらせた。

（意外と平気だったな……）

大学時代、青柳と若菜がつき合いはじめたと知ったときは胸が痛かった。しかし、さきほど結婚の話を聞いたときは心が乱れることもなく、事実として冷静に受け止められた。

若菜に対する想いは、自分の中ではすでに、過去のものになっている。ほっとしたと同時に、時の流れを実感して、感慨《かんがい》深い気持ちになった。

時間が解決するという言葉があるけれど、五年という月日の間に、想い人から友人の恋人へと認識をあらためることができたのだろう。そして友人の妻になったいま、ふたりの結婚を素直に祝う気持ちが生まれつつある。

「青柳」

グラスを置いた要は、おだやかに微笑みながら言った。

「次は夫婦で泊まりに来いよ。歓迎する」


一夜が明けた、早朝五時――

「要さん、おはようございます！」

「ああ………」

「今日もいいお天気になりそうですよ。しっかり目を覚まして頑張りましょう」

朝から元気はつらつの紗良に対して、要の意識はまだ半分、夢の中をただよっていた。夜勤でもない限りは、布団の中で眠っている時刻である。

（ほぼ毎日、こんな時間から働いているのか。厨房スタッフ恐るべし……）

猫番館の厨房には、紗良のほかに隼介と早乙女《さおとめ》もいた。彼らは宿泊客の朝食をつくるため、きびきびとした動きで準備をしている。通常の食事のほかに、オプションのパンケーキやサンドイッチ、そしてスイートルームの朝食も用意しなければならないので、のんびりしている暇はないのだ。

紗良は公休日なのだが、仕事がある日と同じようにコックコートに袖《そで》を通し、調理台の前に立っている。普段と違うのは、その向かいにエプロン姿の要がいることだろう。隼介たちの邪魔にならないよう、厨房の隅《すみ》に立っているが、異物感は否《いな》めない。

「おお……。シェフ、あの本城くんがエプロンしてますよ。激レア！」

「早乙女、あまり見てやるな。気が散るだろう」

部下をたしなめているつもりのようだが、隼介の視線もちらちらと感じる。

調理台の上には、冷蔵庫から出したクグロフの生地が入った容器が置いてある。昨夜のうちに生地をこね、一晩かけてじっくり発酵させたものだ。

良質なバターを贅沢《ぜいたく》に使用し、干し葡萄《ぶどう》やオレンジピールが練りこまれたブリオッシュ生地は、紗良曰く「ちょうどよいふくらみ具合」らしい。

「見てください。指を差し入れた跡がちゃんと残っているでしょう？　この状態がベストです。ここで生地がしぼんでしまうと発酵過多、穴が押し戻されて小さくなったら、発酵不足のしるしになるんですよ」

「へえ。そうやって見分けるのか」

「いまのところは順調ですね。ここからは要さんに作業をしていただきます」

紗良は容器に入っていた生地を、慎重に調理台の上に出した。

――友人として、青柳夫妻の結婚を祝福したい。

そんなことを考えたときに浮かんだのが、クグロフ型を渡したとき、紗良から聞いた話だった。

『たしかクリスマスとか、お祝いのときに焼くものだって習いましたけど……』

クグロフなら、チェックアウトの際に結婚祝いとして贈ってもおかしくはない。

思い立った要は、厨房で生地をつくっていた紗良にその旨を伝えた。話を聞き終えた彼女は、にっこり笑いながら言ったのだ。

『わかりました。では明日、朝の五時に厨房に来てください』

『え……』

『わたしと一緒にクグロフをつくって、お祝いの気持ちをこめましょう』

そんなやりとりを経《へ》て、要は紗良と一緒に厨房に立つことになった。一次発酵までは彼女が済ませておいてくれたので、次の工程からはじめる。

「でも紗良さん。俺、パンどころか料理すらろくにできないんだけど……」

「大丈夫。わたしがついていますから！」

紗良は「まかせておけ」と言わんばかりに、手のひらで胸元を叩いた。実に頼もしい。

「チェックアウトまでは、まだ時間がありますよ。焦らず丁寧に進めていけば、きっと美味しいクグロフができるはずです。――さあ、はじめましょう」

彼女の指示に従って、要はクグロフづくりにとりかかった。

昨日渡した陶器製の型のほかに、紗良はスチール製の型も購入していた。それぞれの型に入るよう、生地を適量に切り分けてから丸めていく。表面にドライフルーツが出ていると焦げやすいそうなので、中に押しこんでおくことも忘れない。

ベンチタイムという休憩をとり、生地を休ませてから、いよいよ成形に入る。

クグロフ型は中央に穴があいているため、まずは生地をリング状にした。焼き上がりの際に型からはずしやすいよう、内側にバターを塗り、スライスアーモンドを散らす。そして空気が入らないよう気をつけながら、型の中に生地を詰めていった。

「こんなものかな?」

「そうですね。あとは最終発酵をさせて焼くだけです」

すべての工程を終えてから、要はクグロフ型をオーブンの中に入れた。

しばらく待っていると、クグロフが焼けるいい匂いがただよってくる。思わず深呼吸をしてしまうほど香ばしく、バターとドライフルーツの香りも溶け合っていた。

クグロフが焼き上がると、オーブンからとり出し、慎重に型からはずしていった。紗良の仕込みと指示が的確だったおかげで、ムラなくきれいに焼けている。王冠のような形も崩れてはおらず、側面についた模様も美しい。

「粗熱《あらねつ》がとれたら粉砂糖をふるんですけど、もう少し派手に仕上げてもいいですよね」

そう言った紗良は、粉砂糖と卵白でつくったアイシングを、クグロフの上からかけていく。残っていたドライフルーツやナッツも、丁寧に飾りつけていった。

「よし、完成!　これでどうでしょう」

「なんだかケーキみたいだな」

「豪華になっていいじゃないですか。お祝いなんですから」

楽しそうに声をはずませる紗良を見ていると、こちらの気分も高揚してくる。彼女の言う通り、祝い菓子なら見た目も華やかなほうがいい。

「この大きさなら、喫茶室の持ち帰り用ケーキボックスに入りますね。リボンと包装紙もありますから、これを使って……」

「あ、ラッピングの前に写真を撮っておきたいな」

要はエプロンのポケットから、自分のスマホをとり出した。

本当はもっときちんとしたカメラで撮影したかったが、寮に戻っている余裕はない。この作業が終われば制服に着替え、コンシェルジュとしての仕事がはじまるのだ。

カメラアプリを起動させた要は、きれいに飾りつけられたクグロフに、スマホの小さなレンズを向けた。窓から差しこむ太陽光を効果的にとり入れながら、さまざまなアングルで何枚もの写真を撮る。

「要さん、本当に写真がお好きなんですね」

「そうだね。こればかりはきっと、死ぬまで飽きないと思うよ」

もし自分が青柳と同じく、プロのカメラマンの道に進んでいたとしたら、いつかは亡き実父のような写真家《フォトグラファー》になれたのだろうか？　夢は幻《まぼろし》に終わったけれど、ホテリエとして働く自分のことは気に入っている。だから後悔はしていない。

どんな仕事をしていても、好きなときに写真は撮れる。それでじゅうぶん満足だ。

不敵に笑った要の心に、もう憂《うれ》いはなかった。

Tea Time

四杯目

スリル——

それは猫にとっても人間にとっても、単調な日々に一石を投じる、心地のよい緊張感です。人間は刺激を得るために、ジェットコースターなるものに乗ったり、肝試《きも》しをしたりするようですね。わたしたちにはできないことですが、このホテルに集《つど》う猫たちは、別の形でスリルを楽しむことがあるのです。

その日の夜、わたしは寮の住人たちに気づかれないよう、こっそりと玄関に向かいました。リビングには誠《まこと》さんがいましたが、お酒を飲んでうたた寝していたので、難なく通り抜けます。キャットドアから外に出ると、すぐに声をかけられました。

『こんばんは、マダム』

『ああ、瑠璃《るり》さん。お待たせしたわね』

物陰《ものかげ》から出てきたのは、親しくしている三毛猫の瑠璃さんです。

『くつろいでいるところ、ごめんなさいね』

『気にしないで。わたしね、実は興奮しているの。夜に寮を抜け出すなんて、ちょっとしたスリルよね。たまにはこういう日があってもいいと思うわ』

微笑《ほほえ》んだわたしは、瑠璃さんと一緒にホテルに向かって歩きはじめました。

途中で何匹かの野良猫とすれ違いましたが、彼らはわたしがこのホテルの看板猫であることを知っています。威嚇《いかく》することなく道を譲ってくれたものの、なぜこんな時間に出歩いているのかが不思議なようです。

『ふふ、みんな驚いているわね』

『それはそうでしょう。月光に照らされたあなたの姿を見る機会なんて、めったにないことだもの』

『野良猫たちはこの時間、いつも何をしているの？』

『いろいろよ。眠ったりお散歩をしたり。パトロールや狩りに出ている者もいるわね。定期的に猫集会が開かれているし、宴会に備えて踊りの練習をすることも』

『まあ、ダンスパーティーまであるの？　素敵ね』

『そんなに優雅なものじゃないけどね。人間で言う盆踊りのような感じかしら。たくさんの猫が集まるから、にぎやかで楽しいわよ。マダムも一度見学にいらっしゃいな』

あれこれ話をしているうちに、レンガ造りの西洋館が見えてきました。

さあ、ここからさらなるスリルです。

裏にある従業員用の出入り口に到着すると、わたしは瑠璃さんを手引きして、キャットドアから中に入りました。館内に入ることを許されているのは、わたしと宿泊中のお客様猫だけ。野良猫は立ち入り禁止でしたが、わたしはそのことを知った上で、瑠璃さんの侵入を手助けしました。それにはもちろん理由があります。

――仔猫のころに見たステンドグラスを、もう一度この目で鑑賞したい。

大事な友の切なる望みをかなえるために、わたしは一肌脱ぐことを決めたのです。

昼間は人が多いため、決行は夜。踊り場のステンドグラスは二十二時までライトアップされているので、その時間を狙《ねら》うことにしました。

宿泊客は部屋に引き揚げたのか、ロビーにひと気はほとんどありません。その場にいた人間は、フロント係の梅原《うめはら》くんだけ。しかし彼はあんパンを食べることに夢中で、こちらの存在に気づいていません。なんて運がいいのでしょう。

階段を上がると、踊り場のステンドグラスがわたしたちを迎えてくれました。

夜に見るガラスの芸術は、昼間とはまた違った趣《おもむき》があります。ライトに照らし出された幻想的な美に、瑠璃さんはもちろん、わたしの目も釘付けになりました。

『ああ……なんてきれいなの。心が洗われるようだわ』

瑠璃さんはうっとりした表情で、自分の名前と同じ色の薔薇《ばら》を見つめています。これほどよろこんでくれるのなら、今後も内緒でこの場所に連れてきてあげてもいいかもしれません。美しいものを見て心が躍《おど》るのは、人間だけではないのです。

嬉《うれ》しそうな瑠璃さんの姿を、微笑ましく見守っていたときでした。

ふいに聞こえてきた、カシャッという音。わたしと瑠璃さんは即座に反応し、同じ場所に視線を向けます。

「あ、驚かせちゃったかな。ごめん」

階段の上に立っていたのは、ひとりの人間。下僕の要《かなめ》と同じくらいの年頃で、似たようなカメラを構える男性は、昼間にチェックインをしたお客様のひとりでした。カメラを下ろした彼は、うろたえるわたしたちに笑顔で話しかけてきます。

「おどかすつもりはなかったんだけど、つい写真を撮りたくなって」

踊り場まで下りてきた彼は、わたしたちの前で膝《ひざ》を折りました。敵意は感じません。

「もしよかったら、しばらくモデルになってくれないかな？　きれいに撮ってあげるよ」

記念写真！　瑠璃さんと一緒に撮ってもらえたら、きっとよい思い出になるでしょう。

顔を見合わせたわたしたちは、そろって愛らしい鳴き声をあげました。

Check Out

ことの終わり

パン職人として働く上で必要なもの。それはいったいなんだろう?

豊富な知識に、磨き抜かれた技術。研ぎ澄まされた味覚に、積み重ねていく経験値。もちろんパンに対する愛情も、なくてはならないものである。

パン職人に限らず、ホテル猫番館《ねこばんかん》では料理人やパティシエも、早朝から仕事をはじめている。長時間の立ち仕事はあたりまえ。重たいフライパンや鍋を扱ったり、高温のオーブンで腕を火傷《やけど》したりすることもめずらしくはない。お客の口に入るものをつくっているため、病原菌やウイルスなどを持ちこまないよう、衛生管理も徹底している。

そんな厨房《ちゆうぼう》スタッフに求められるのは、強靭《きようじん》な肉体と無限の体力。そしてめったなことでは動じない、強い精神力である——のだが。

「ひ——……もうダメ。もう走れません。限界です」

情けない声をあげた紗良《さら》は、あえなくリタイアして足を止めた。

その場で前かがみになり、ぜいぜいと呼吸をしていると、前方を走っていた隼介《しゅんすけ》が近づいてくる。半袖《そで》のTシャツにハーフパンツ、薄底のランニングシューズを履《は》いた彼は、似たような格好の紗良を見下ろしながら口を開いた。

「なんだ、もう終わりか？　まだ二キロくらいしか走ってないぞ」

「うう……」

「まあ、初心者ならこんなものか。とりあえず水分をとって、ベンチで休め」

「わ、わかり、ました。あ、天宮《あまみや》さんは？」

「この程度じゃ走った気がしない。臨港《りんこう》パークのほうまで行ってくる」

隼介は首にかけたタオルで額《ひたい》の汗をぬぐってから、ランニングを再開した。

軽快な走りで遠ざかっていく後ろ姿を見送った紗良は、腰につけていたウエストポーチのファスナーを開けた。ボトルに入ったミネラルウォーターはすっかりぬるくなっていたが、渇いた喉《のど》を潤してくれるのなら、冷えていなくても気にしない。

「ふう……生き返った」

呼吸が落ち着き、頭の中もすっきりしたとき、さわやかな潮風が前髪を揺らした。

白い柵の向こうに広がっているのは、青々とした海。関東大震災で出た瓦礫《がれき》を埋め立ててつくられたという山下《やました》公園は、山下ふ頭や大《おお》さん橋《ばし》に隣接している。

まだ朝の七時前ということもあって、行き交う人の数は多くない。山手《やまて》からはそれほど遠くないので、隼介はよくこのあたりを走ってトレーニングをしているそうだ。みなとみらいの周辺は海が近くて景観がよく、アップダウンも少ないため初心者でも走りやすい。

体力づくりとダイエットを兼ねて、公休日が重なった隼介の早朝ランニングに同行してみたはいいが、たった二キロで音を上げてしまった。寮に戻ったら、しっかりクールダウンをしておかないと、明日は筋肉痛で大変なことになりそうだ。

(そういえば、要《かなめ》さんはどうしてるのかな)

ペットボトルをポーチに戻した紗良は、ゆっくりと歩きはじめた。

隼介と一緒に山下公園までやって来たのは、紗良だけではない。同じく公休日の要も園内にいるのだ。彼の目的はランニングではなく、園内に咲いている春の薔薇《ばら》だ。昼間は人が多いから、早朝に来たかったらしい。

要を探すため、紗良は係留《けいりゅう》されている貨客船のほうへと向かった。

色あざやかな薔薇が咲き誇るエリアには、すでに数人の観光客がいた。周囲を見回しながら歩いていると、白薔薇が絡むアーチのそばで要を見つける。スマホを片手に散策する観光客とは違い、彼は愛用している一眼レフカメラを構えていた。

(仕事中の要さんもスマートで素敵だけど、写真を撮っている姿も格好いいな)

撮影に集中しているためか、要がこちらに気づく様子はない。

その真剣な姿を残しておきたくなった紗良は、ウエストポーチの中からスマホをとり出した。カメラアプリを起動させ、足音を立てずに距離を詰め――

「盗撮とはいい度胸だな」

「！」

からかうような言葉とともに、要がファインダーから目を離した。こちらに向けられた顔には不敵な笑みが浮かんでいて、彼がとっくに気づいていたことを知る。

「うぐ……。またしても弄《もてあそ》ばれた」

「人聞きが悪いな。バレバレだったよ。おもしろいから黙っていたけど」

「誤解のないよう言っておきますが、いくらわたしでも、知らない人の写真を勝手に撮るなんて失礼なことはしませんよ？　要さんだからこそ盗撮したいと思ったわけで」

「盗撮は認めるのか」

「え、いえその、盗撮じゃなくて！　ええと、記録です記録。思い出！」

あたふたしていると、要は愉快そうに「あいかわらずいい反応だ」と笑った。

今回も踊らされてしまったが、不思議と嫌な気持ちにはならない。

むしろこうした軽口をかわすことが、楽しくてたまらない自分がいる。要も同じように感じてくれているなら嬉《うれ》しいのだけれど……。

「ランニングは終わったの？」

「実は二キロでリタイアしちゃいました。ストレッチしても筋肉痛になりそうです」

紗良が太ももを叩くと、要は「運動するのも大変だよな」と肩をすくめた。彼は隼介と違って体を鍛えることには興味がないのだ。

「ところで紗良さん、隼介さんは？」

「まだ走り足りないみたいで、臨港パークのほうに行きましたよ」

「さすがは体力魔人。それじゃ、戻ってくるまでデートでもしてのんびり待とうか」

デートという甘美な響きにどぎまぎしたが、要の表情を見る限り、本気で言っているわけではなさそうだ。単にふたりで周囲を散策しようという程度の意味らしい。

少し残念に思ったが、誘いを断る理由はない。せっかくだから、束の間でもデート気分を楽しもう。気をとり直した紗良は、要と並んで薔薇園を見て回った。

「まだきれいに咲いていますけど、最盛期は過ぎた感じですね」

「もう六月に入ったし、そろそろ終わりだろうな。次の花は紫陽花《あじさい》だ」

気に入った花を見つけると、要は立ち止まってカメラを向ける。

近くにいた観光客らしきカップルは、スマホでお互いの写真を撮り合っていて楽しそうだ。要は人物の写真を撮ろうとはしないから、なんだかうらやましい。

「あのー、すみません。ちょっと一枚撮ってもらえますか？」

男性から声をかけられた紗良は、微笑《ほほえ》みながら「いいですよ」と答えた。彼から借りたスマホで、仲睦《むつ》まじげに寄り添うふたりの姿を撮影する。

「こんな感じでいかがでしょう」

「ああ、よく撮れてます。ありがとうございました！」

紗良や要と同じ年頃に見えるカップルは、嬉しそうにお礼を言うと、仲良く腕を組んで去っていった。ほんわかとした気分で見送る紗良の隣で、要が苦笑しながら口を開く。

「朝からお熱いことで。独り身にはちょっと目の毒だな」

「そうですか？　要さんなら、その気になればすぐに恋人ができるでしょうに」

「いや、前にも言ったと思うけど、いまは誰ともつき合う気はないんだよ。これまでの経験からして、彼女ができても最後は必ずフラれるから」

「え……」

はじめて聞く話に、紗良は両目をしばたたかせた。以前は遠慮して、深く踏みこむことができなかったけれど、そんな話をされたら気になってしまうではないか。

「フラれるって、どうしてですか？　要さん、恋人の方に何かひどいことをするような人だとは思えませんが……」

「もちろん誰にもひどいことなんてしてないよ。だからなかなか理由がわからなかったんだけど、前に別れた人が教えてくれてね。温度差だって」

「温度差？」

「俺がこれまでつき合ってきた人は、全員が向こうから告白してきたんだけど……」

交際中は浮気もせずに大事にしているつもりだったが、要の気持ちはいつもどこか冷めていて、恋人が期待するような愛情をそそぐことができなかった。飽きやすい性格も災《わざわ》いし、つき合った人数は多くても、長く続いた相手はいなかったらしい。

少しずつ溜まっていった不満が限界に達し、怒りが爆発したとき、相手は要をなじって別れを告げる。彼の恋愛はその繰り返しだったそうだ。

「さすがにもう、そんな思いはしたくなくてさ。だからいまは仕事が恋人」

「そういうことだったんですか……」

「もし次があるなら、そのときは俺にとってのカメラみたいに、自分から好きになった人がいい。告白されたからって安易につき合っても、相手を傷つけるだけだしね。冷たいとか愛情不足とか言われてフラれるのも嫌だから」

要が首から提《さ》げたカメラを撫《な》でたとき、彼のスマホから着信音が流れてきた。

しばらくして通話を終えた要は、何事もなかったかのように微笑む。

「隼介さんが帰ってきたよ。合流しようか」

歩き出した要の背中を見つめながら、紗良はさきほど聞いた話を頭の中で反芻《はんすう》した。

これまでの彼は、紗良と話していてもからかうばかりで、大事なことはわざとはぐらかしていた。しかし今日は茶化さず、本音を打ち明けてくれたのだ。

紗良はぎゅっとこぶしを握り締めた。

要のことをもっと知りたい。もっといろいろな感情をさらけ出してほしい。その願いをかなえるためには、受け身でいてはだめなのだ。

ほしいものがあるのなら、自分のほうから動かなければ。


――わたしは要さんが好き。だからきっと、ふり向かせてみせる。

「覚悟してくださいね、要さん」

挑戦的な笑みを浮かべた紗良は、あらたな決意をかため、彼のあとを追いかけはじめたのだった。

※この作品はフィクションです。実在の人物・団体・事件などにはいっさい関係ありません。

集英社オレンジ文庫をお買い上げいただき、ありがとうございます。
ご意見・ご感想をお待ちしております。

● あて先
〒101-8050　東京都千代田区一ツ橋2-5-10
集英社オレンジ文庫編集部 気付
小湊悠貴先生

ホテルクラシカル猫番館

横浜山手のパン職人《ブーランジェール》5

集英社
オレンジ文庫

2021年12月22日　第1刷発行
2022年10月 9 日　第2刷発行

著　者　小湊悠貴
発行者　今井孝昭
発行所　株式会社集英社
〒101-8050東京都千代田区一ツ橋2-5-10
電話【編集部】03-3230-6352
【読者係】03-3230-6080
【販売部】03-3230-6393（書店専用）
印刷所　凸版印刷株式会社

ISBN 978-4-08-680421-9 C0193

コバルト文庫　オレンジ文庫

「ノベル大賞」

募集中！

主催　(株)集英社／公益財団法人　一ツ橋文芸教育振興会

小説の書き手を目指す方を、募集します！

幅広く楽しめるエンターテインメント作品であれば、どんなジャンルでもＯＫ！

恋愛、ファンタジー、コメディ、ミステリ、ホラー、ＳＦ、etc……。

あなたが「面白い！」と思える作品をぶつけてください！

この賞で才能を開花させ、ベストセラー作家の仲間入りを目指してみませんか!?

大賞入選作

正賞と副賞300万円

準大賞入選作

正賞と副賞100万円

佳作入選作

正賞と副賞50万円

【応募原稿枚数】

400字詰め縦書き原稿100～400枚。


【しめきり】

毎年1月10日（当日消印有効）

【応募資格】

性別・年齢・プロアマ問わず

【入選発表】

オレンジ文庫公式サイト、WebマガジンCobalt、および夏ごろ発売の文庫挟み込みチラシ紙上。入選後は文庫刊行確約!

（その際には、集英社の規定に基づき、印税をお支払いいたします）

【原稿宛先】
〒101-8050　東京都千代田区一ツ橋2-5-10
（株）集英社　コバルト編集部「ノベル大賞」係

※応募に関する詳しい要項およびWebからの応募は
公式サイト（orangebunko.shueisha.co.jp）をご覧ください。